Quand tu auras enfin choisi ta vie

AVEC GILLES LEGARDINIER

Comme une ombre, J'ai lu, 2018, 2020.
Les phrases interdites si vous voulez rester en couple, J'ai lu, 2019.

Pascale Legardinier

Quand tu auras enfin choisi ta vie

ROMAN

J'AI LU

À Gilles, pour tout.

Entre nous

Bonjour à vous !

Avant de commencer votre lecture, si vous en avez envie, j'aimerais vous confier le chemin qu'a parcouru cette histoire.

Je n'avais jamais songé à écrire, jusqu'à ce que Gilles, mon mari, m'embarque dans l'une de ces aventures dont il a le secret. Voilà vingt ans, alors qu'il se démenait pour proposer ses textes, il a, par défi, parié avec son éditrice de l'époque qu'il écrirait un roman sentimental, puisque tout le monde ne jurait que par ce genre littéraire sans même lire ce qu'il offrait.

Lorsqu'il m'a fait découvrir ses premiers chapitres, j'ai tout de suite retrouvé son sens de la narration et de l'intrigue, mais il manquait cependant, à l'évidence, une touche de… féminité. Je lui ai franchement fait part de mon sentiment et, loin de se braquer, il m'a proposé de coécrire le roman. C'est ainsi que nous avons imaginé ensemble *Comme une ombre*. J'ai alors découvert concrètement ce que signifiait l'écriture – dans laquelle je baigne pourtant depuis toujours parce que je suis une grande lectrice et que je passe mon temps à travailler les textes des autres. Le fait est que j'y ai pris goût…

La carrière de Gilles a rapidement décollé et, même si à l'époque il était déjà très pris, il n'a jamais cessé de m'encourager à poursuivre mes propres projets. Il a été mon ange gardien bienveillant, me poussant à ne jamais renoncer, à ne jamais faire les choses à moitié et, surtout, à me sentir libre. C'est sous ces bons auspices qu'un nouveau roman a vu le jour. L'histoire de Valentina et d'Aidan a commencé sous son titre d'alors : *Si loin de Rome*.

Lorsque l'idée de republier ce roman a émergé l'année dernière, j'ai tout de suite été enthousiaste, à condition que le texte, et donc vous, puisse bénéficier de toute l'expérience acquise depuis sa première présentation. Une sorte de *director's cut* ! J'ignorais encore ce que cela allait impliquer…

Gilles et moi partageons le même désir de ne pas décevoir celles et ceux qui nous font confiance. En reprenant mon texte, je me suis aperçue que, si les sentiments que peuvent éprouver deux êtres l'un pour l'autre – de la défiance à l'amour, en passant par toutes les nuances possibles – sont assez immuables, tout le reste évolue très vite ! Lorsque je me suis replongée dans mon histoire, j'ai eu l'impression de lire un roman du siècle passé, ce qui, factuellement, n'est pas loin d'être le cas. Pour le rendre digne de votre attention aujourd'hui, il fallait entièrement le reprendre, sur le fond comme sur la forme.

Ce ne sont pas tant les années qui ont daté le roman que les véritables révolutions technologiques et sociétales qui ont déferlé entre-temps. Nous avons vécu d'innombrables changements ! Me placer dans cet état d'esprit m'a également permis de mesurer tout le chemin parcouru, dans notre monde et dans mon écriture. Passionnante expérience…

Petit retour en arrière : au début des années 2000, époque de la première parution, les téléphones mobiles étaient encore assez peu répandus, les smartphones et les ordinateurs portables tels que nous les connaissons n'existaient pas, Wikipédia n'était qu'un outil balbutiant pour geeks et Facebook n'était même pas programmé. Internet était cantonné à un usage professionnel et Gmail était dans les limbes. Donc, quand elle est née, mon héroïne n'avait pas d'accès Internet, encore moins d'e-mails et certainement pas de réseaux sociaux… Un autre monde ! Même si cela ne conditionne pas la personnalité de Valentina, cela influe sur sa façon de l'exprimer. Le personnage d'aujourd'hui dispose bien sûr de tout cela, même s'il reste vrai qu'il existe encore de nos jours des endroits en Écosse où les portables passent très mal, où la couverture Internet laisse à désirer et où le wi-fi peut se montrer aussi capricieux que la météo...

Ces dernières années n'ont pas changé uniquement la technologie, et c'est une excellente chose : les rapports entre hommes et femmes ont eux aussi évolué. L'image de la femme a entamé une mue nécessaire, sa place dans la société progresse et la perspective féminine est davantage prise en compte. Même s'il reste beaucoup à faire, l'impulsion est là et les choses avancent. J'ai pour ma part la chance de partager la vie d'un homme auprès de qui je n'ai jamais eu besoin de me battre pour exister. Nous sommes deux, et ce que je fais a toujours été considéré. Je suis consciente que ce n'est pas la norme et j'apprécie cette façon de fonctionner à sa juste valeur.

Notre époque permettait de faire évoluer mon héroïne : je lui ai donc donné davantage de caractère et de répondant. Bien sûr, son parcours va la bouleverser, l'amener à remettre bien des choses en question, à commencer par elle-même, mais elle n'est dépendante de personne et se montre capable de prendre son destin en main. Il s'agit pour elle de choisir sa vie, d'où le nouveau titre ! Il reste évident que si n'importe laquelle d'entre nous se retrouvait dans sa situation professionnelle et personnelle, nous serions, nous aussi, un peu déstabilisées par les événements et la vitesse à laquelle ils s'enchaînent !

Les personnages masculins ont changé, eux aussi. L'époque leur permet d'être plus communicatifs, plus nuancés, plus sensibles. Il fallait rééquilibrer tout cela, rendre justice aux hommes d'aujourd'hui autant qu'aux femmes. Tout le monde a à y gagner.

Ce développement a été un processus passionnant qui m'a permis de découvrir que lorsque vous faites évoluer la personnalité de vos personnages principaux, vous devez ajuster celle des personnages secondaires, et dans le même élan, c'est votre histoire entière qui trouve un nouvel équilibre. Si la dynamique et les enjeux du récit restent identiques, c'est toute votre perception qui change et, du coup, votre façon de raconter.

Le contexte réserve lui aussi des surprises : il y a vingt ans, l'endroit où vivait Valentina à Rome était un quartier populaire habité uniquement par des Romains pur jus, sans rien de touristique. Ni bars branchés, ni boutiques chics, ni petits restos sympas… alors qu'aujourd'hui le *rione Monti* est devenu l'un des quartiers les plus tendance de la capitale italienne ! Là, c'est carrément le décor qui vous oblige à modifier votre histoire et le cadre de vie de votre héroïne.

Pour vous donner un exemple, le marché où Valentina faisait ses courses n'existe même plus ; je lui ai donc fait suivre un autre chemin dans la ville pour rejoindre un marché qui ne ressemble pas du tout à celui d'origine, mais que vous pourrez découvrir si vous allez à Rome…

Malgré ces paramètres, au bout du compte, le but de mon travail reste le même aujourd'hui qu'alors : vous distraire, vous divertir, vous faire voyager et ressentir. J'espère sincèrement que Valentina et son aventure humaine vous feront passer un bon moment.

Une dernière chose : Gilles a continué à écrire, bien sûr, et comme le savent ses très nombreux lecteurs et lectrices, pour le besoin de ses romans extrêmement variés, il se glisse avec brio dans la peau d'innombrables personnages… y compris des femmes ! Je suis plus qu'heureuse de partager sa vie et d'être toujours sa première lectrice. Comme je l'avais fait il y a vingt ans, c'est à lui que je dédie ce livre, sans changer un mot de ce que j'avais alors écrit : « À Gilles, pour tout. »

Installez-vous confortablement, oubliez tout sauf ce qui vous touche, et bonne lecture !

Bien à vous,

Pascale

1

Il arrive que certaines journées prennent des allures de vacances. Pour Valentina, ce premier samedi d'avril était de celles-là. Cela faisait des mois qu'elle n'avait pas eu de vrai week-end. Après avoir travaillé sans relâche sur l'étude qu'elle venait de rendre à sa direction, elle se sentait enfin libre, légère, dégagée de toute pression.

Bien décidée à profiter de son temps, la jeune femme s'était réveillée naturellement de bonne heure. En ouvrant les yeux, elle avait découvert par les fenêtres de son minuscule appartement un ciel d'un bleu pur au-dessus de Rome, et elle avait souri. S'étirant dans son lit, elle avait réfléchi avec délices à la journée qui l'attendait. Stefano était retenu au Japon pour un salon professionnel, mais le soir même elle avait rendez-vous avec ses meilleures amies pour un de leurs dîners entre filles. C'était à son tour de recevoir, et elle avait le temps de tout préparer à son rythme, sans aucune contrainte horaire. C'était assez rare dans sa vie pour qu'elle apprécie ce luxe.

Pour Valentina, prendre son temps ne signifiait pas en perdre. Elle se prépara donc sans traîner. Après une douche rapide, elle démêla ses longs cheveux puis choisit dans son armoire une robe de coton légère qui s'accordait bien à son humeur. Elle passa le cache-cœur de cachemire turquoise qu'elle adorait – il faisait parfois encore un peu frais le matin en ce début de printemps. Elle avala un bol de thé, fourra sa liste de commissions dans son panier et descendit quatre à quatre l'escalier de son vieil immeuble.

À cette heure matinale, sa petite rue, la via dell'Olmata, était encore déserte. Seul un chien trottinait sur le trottoir. Il lui jeta un regard affairé en passant, tout à sa promenade. Elle le salua d'un signe de tête en souriant et se mit en route d'un bon pas.

Il faisait doux pour la saison. Le soleil découpait déjà des ombres franches ; sur les façades pastel, beaucoup de persiennes étaient encore closes. Une brise légère séchait doucement sa chevelure d'un brun presque ébène qu'elle avait laissée flotter sur ses épaules.

La ruelle montait en pente douce vers la basilique Santa Maria Maggiore, dont l'imposant clocher dominait la plus grande des sept collines de la Ville éternelle. Valentina embrassa du regard le majestueux bâtiment crème et ses cinq hautes portes, puis les maisons rose pâle qui lui faisaient face. Elle aimait Rome, et particulièrement le quartier pittoresque de Monti, où elle avait grandi. Ces rues étroites et ces placettes fleuries lui avaient servi de terrain de jeux en compagnie de son frère, Vincenzo, et de leurs amis d'enfance. Aujourd'hui, le charme de cette partie de la ville et ses nombreux vestiges en avaient fait un quartier bohème abritant petits cafés et galeries d'art, mais la vibration était restée la même. Valentina connaissait chaque passage, chaque cour intérieure, chaque recoin. Ici, elle se sentait chez elle. Il n'y avait pas une pierre, pas un banc du jardin public voisin qui n'ait été le témoin des joyeux moments de son enfance. Elle se souvenait des marelles, des « chat perché », des parties de billes avec les garçons – elle avait été un adversaire redoutable, mais magnanime : elle finissait toujours par rendre bon nombre de celles qu'elle avait gagnées…

Lorsque, en prenant leur retraite, ses parents avaient vendu leur grand appartement de la via Palermo pour aller s'installer en Toscane, Valentina avait tout fait pour rester dans le quartier. Il lui avait fallu des mois de recherches pour dénicher son charmant studio. Bien sûr, avec sa situation professionnelle, elle aurait pu s'offrir plus grand et dans un quartier plus chic, mais cela ne l'intéressait pas. Stefano avait bien tenté de la convaincre de le rejoindre dans son immense duplex avec vue sur le parc de la Villa Borghese, mais elle n'avait pas cédé. Valentina tenait à son indépendance et, même si sa relation avec Stefano était sérieuse, elle ne voulait pas aller trop vite.

Pour le moment, la jeune femme ne songeait pas aux grands enjeux de sa vie. Elle s'abandonnait au plaisir simple d'une balade dans son quartier. Au beau milieu de la *piazza*, devant la basilique, elle leva la tête vers le soleil, fermant les paupières pour savourer la lumière. La chaleur des rayons caressait doucement sa peau. Depuis combien de temps n'avait-elle pas ressenti cela ? Un frisson de bien-être lui parcourut le corps. Décidément, la journée commençait idéalement.

En descendant la via Carlo Alberto, elle vit les premiers commerces lever leur rideau pour les livraisons. Il était à peine 8 heures. Comme elle, les passants les plus matinaux se dirigeaient vers le marché couvert de l'Esquilino, à quelques rues de la gare centrale de Termini. C'était l'un des plus grands de la ville et l'un des mieux achalandés. On y trouvait les denrées locales, fruits, légumes, fromages, mais aussi toutes sortes d'épices asiatiques et de fruits exotiques. Peu de risques de voir des cohortes de touristes y débarquer, d'abord parce qu'il était trop tôt, et ensuite parce que les commerçants ne proposaient que des produits frais. Il n'y avait aucune des horreurs en faux marbre que les étrangers remportaient le plus souvent dans leurs bagages. C'était un vrai marché populaire romain.

En pénétrant sous la verrière de la halle et en apercevant les étalages colorés et parfumés qui envahissaient les allées, Valentina éprouva une joie d'enfant. Elle se revit accompagnant sa mère. L'émotion et les sensations étaient identiques, même si le marché se trouvait alors sur la place Vittorio Emanuele II. À l'époque, elle arrivait à peine à la hauteur des immenses plateaux de fruits. L'été, les vendeurs de pastèque se plaçaient aux extrémités du marché et proposaient des quartiers bien juteux. Elle en avait encore sur la langue la saveur fraîche et sucrée.

D'un étal à l'autre, le parfum, les couleurs changeaient. Les habitués s'interpellaient, se donnant des nouvelles et plaisantant avec bonne humeur. Valentina avait toujours aimé observer ces galeries de personnages, ces attachantes personnalités de son enfance. Le poissonnier l'impressionnait particulièrement. Elle se souvenait d'un homme de grande taille, toujours vêtu d'une veste d'épais coton bleu, qui dominait tout un assortiment de poissons immobiles aux formes multiples, étendus sur de la glace pilée. Elle était fière, petite, de savoir en reconnaître plusieurs. Elle avançait un doigt curieux vers la fraîcheur argentée des écailles, observant d'un air sérieux les yeux noirs et brillants. Tenant sa maman par la main, Valentina arpentait le dédale des allées pendant ce qui lui semblait des heures. Régulièrement, sa mère rencontrait une voisine et s'arrêtait pour échanger les derniers potins du quartier. La petite fille d'alors n'écoutait pas ce que disaient les grandes personnes, trop occupée à regarder ce qui l'entourait. L'œil attiré par une multitude de détails, elle lâchait la main maternelle pour aller fureter un peu plus loin, admirer les pyramides de fruits et de légumes multicolores, respirer les pêches duveteuses, chiper un grain de raisin violet, humer le parfum des tomates écarlates juste récoltées, saliver devant un énorme jambon rebondi.

Presque chaque fois, le rituel du marché s'achevait par un passage chez le marchand de bonbons. Valentina dévorait du regard les friandises alignées dans de grands bocaux en verre. Elle ne pouvait en prendre qu'un et le choix était toujours cornélien. Un jour, elle en était sûre, elle serait assez riche pour tout acheter. Ce fascinant arc-en-ciel de sucreries attirait tous les gamins des environs. Il n'était pas rare d'y rencontrer un camarade de classe ou un voisin.

La jeune femme se laissa submerger par l'ambiance du lieu et se perdit dans les allées, tournant et musardant au gré des étalages qui l'attiraient. Elle trouva des pignons de pin frais, des têtes d'ail charnues et un magnifique bouquet de basilic cueilli du jour.

Lorsqu'elle arriva devant l'étal du fromager, elle eut une heureuse surprise : fidèle au poste, M. Luigi trônait derrière ses meules et ses présentoirs, découpant et pesant ce que lui demandaient ses nombreuses clientes. Bien sûr, l'homme avait un peu vieilli, mais il avait toujours son sourire affable, sa blouse blanche impeccable et ses gestes caressants lorsqu'il saisissait ses fromages. Valentina prit place dans la queue. Dans ce genre d'endroit, la conversation que l'on échange est au moins aussi importante que ce qu'on achète. On donne des nouvelles de la famille, on se plaint des malheurs du monde, on vit ensemble. M. Luigi était maître dans l'art de faire plaisir par les mots. À chacun, il savait mieux que personne donner le conseil ou rappeler le proverbe qui faisait que, lorsque vous quittiez son étal, vous vous sentiez bien sans même avoir encore goûté à ses délicieux produits. Le fromager voyait toujours arriver Valentina et sa mère avec un large sourire. Vite, il prenait son grand couteau et découpait dans un de ses *pecorino romano* ou de ses *grana padano* une fine languette qu'il tendait à la petite fille gourmande. Elle sentait encore sur sa langue la saveur fumée de la *scamorza*... À présent, Valentina observait l'homme avec une tendre nostalgie. Il avait quelques rides de plus, mais finalement pas tant que cela.

Lorsque vint son tour, M. Luigi frappa dans ses mains sans vraiment la regarder.

— Alors, *bella signorina*, que voulez-vous aujourd'hui ? Nous avons une fabuleuse tomme du Piémont, ou de la *ricotta* d'ici !

Il leva les yeux vers elle et son regard s'arrêta. Son amabilité commerçante fit place à une émotion beaucoup plus personnelle.

— *Mamma mia !* Mais c'est la petite de la *signora* Venostra !

Il n'avait jamais pu se résoudre à appeler Valentina par son prénom. La jeune femme hocha la tête avec un sourire ravi. L'homme tendit les mains vers elle et s'exclama :

— Cela faisait des lustres que je ne t'avais pas vue ! Laisse-moi un peu te regarder... Tu es magnifique !

Valentina rougit.

— Alors comme ça, tu es quand même revenue voir ton vieux *signore* Luigi !

— Et j'en suis bien contente. Avec mon travail, je n'ai pas souvent le temps de faire les courses. Mais vous voyez, je suis là.

L'homme était aussi ému que Valentina. Il pencha la tête pour la regarder encore.

— J'ai longtemps eu de tes nouvelles par ta mère, avant qu'elle ne parte du côté de Florence. Tu as bien réussi tes études, à ce qu'il paraît, et ton frère aussi.

— Oui, on s'en sort tous les deux.

— Tu passeras le bonjour à ta mère, c'est une femme admirable.

— Je n'y manquerai pas.

— Et maintenant, dis-moi ce qu'il te faut, je te promets de bien te servir !

— J'aurais voulu du parmesan, pour préparer un pesto.

— Va pour le *parmigiano reggiano*. Vous serez combien ?

— Quatre.

— J'ai ce qu'il te faut. 48 mois d'affinage, intense et fruité, juste parfait. Une merveille, tu verras !

2

En revenant du marché, Valentina était encore sous le charme. La matinée avait passé sans qu'elle s'en rende compte, et la jeune femme avait acheté bien plus que nécessaire. Son escapade aux allures de pèlerinage avait réveillé en elle beaucoup de sensations, d'émotions aussi. Elle se sentait reconnectée avec toute une part d'elle-même dont son travail l'avait trop longtemps tenue éloignée. En gravissant l'escalier de son immeuble, elle se promit qu'elle n'attendrait pas des années avant de retourner dans ce lieu évocateur de tant de souvenirs.

Les sacs chargés de victuailles pesaient lourd. Arrivée devant sa porte, elle les posa sur le paillasson avec un soupir de soulagement. Elle glissait sa clé dans la serrure quand elle entendit le téléphone sonner à l'intérieur. Elle se dépêcha d'ouvrir et, abandonnant ses achats sur le palier, se précipita pour répondre.

— Allô ?

— Bonjour ma chérie, c'est maman.

— Bonjour. Comment vas-tu ?

— J'étais inquiète, je cherche à te joindre depuis ce matin mais tu ne réponds pas. Même sur ton portable. Tu as l'air essoufflée…

— Je rentre juste du marché. Tu pouvais me laisser un message, je t'aurais rappelée.

— Tu sais bien que j'ai une sainte horreur de ces trucs-là. Je ne fais pas confiance aux machines. Je voulais savoir comment s'était passée la remise de ton étude à tes grands chefs.

Valentina tira une chaise à elle et s'assit. Avec sa mère, elle en avait forcément pour un moment : Sophia Venostra était presque aussi bavarde au téléphone qu'au marché. Ses achats attendraient…

— Plutôt bien, répondit-elle. Je leur ai présenté le dossier globalement, je n'ai rien caché des inconvénients tout en insistant sur les points positifs. Ils m'ont demandé de détailler certains éléments. Ils se sont montrés attentifs, mais c'est difficile de dire ce qu'ils en pensent. C'est un gros projet, et ce que je propose modifie profondément leur organisation. Ils ont promis de tout lire pour la semaine prochaine, mais je ne vais pas me ronger les sangs s'ils ont un peu de retard. J'aurai sûrement des commentaires tôt ou tard.

— Tu étais habillée comment ?

La question surprit Valentina. Elle réfléchit un instant.

— J'avais mon tailleur bleu marine à liseré blanc, celui dont tu dis qu'il va bien avec mes yeux. Mais tu sais, je ne crois pas qu'ils en aient eu quelque chose à faire. Ce sont des directeurs, des hommes d'affaires.

— Ils travaillent dans la mode, alors c'est important pour eux. Crois-moi, un homme, même d'affaires, reste un homme. Et un homme n'est jamais indifférent à une jolie femme… Et maintenant, tu vas te reposer un peu ?

— Je vais surtout me détendre.

— Pourquoi ne viendrais-tu pas nous rejoindre quelques jours ?

— C'est une bonne idée, mais si je viens, c'est pour vous voir, pas pour aligner les dîners interminables avec vos amis…

La *signora* Venostra éclata d'un rire sincère.

— Et comment va Papa ? demanda Valentina.

— Bien, très bien. Tu le connais, au lieu d'accrocher les petits tableaux dans le salon comme je le demande depuis un an, il s'est mis en tête d'aménager la ruine au bout de la propriété. Je ne le vois plus que pour les repas, et encore !

— La petite grange derrière les cyprès ?

— C'est ça. Il dit que quand vous viendrez avec vos enfants, vous serez contents d'avoir votre autonomie, votre petit chez-vous.

— Nos enfants ? s'étonna Valentina. Il est un peu tôt… À moins que du côté de Vincenzo et Dina… ?

Elle laissa la fin de la phrase en suspens.

— Non, ma chérie, rien de prévu chez ton frère, et puis dans la logique des choses, ce serait plutôt à toi de commencer. Tu es l'aînée et l'année prochaine, tu auras trente ans. Ça fait combien de temps que tu es avec Stefano ?

— Deux ans, mais je ne vois pas le rapport.

— Il serait peut-être temps de songer à vous installer, tous les deux. Vous en avez les moyens et vous avez l'âge.

Valentina leva silencieusement les yeux au ciel. Sa mère ne ratait jamais une occasion de remettre le sujet sur le tapis.

— Au fait, il va bien, Stefano ?

— Il est au Japon pour quelques jours, un salon important à Tokyo. Je l'ai eu au téléphone hier soir, il avait l'air content des contacts sur place. Il dit que ça peut lui rapporter de bons contrats.

— Tant mieux. Il est sérieux, ce garçon. Et en plus, il est beau ! Tu sais que je tiens beaucoup à lui, je l'adore vraiment.

— Maman, s'esclaffa Valentina, c'est à moi d'adorer Stefano ! Et laisse-nous mener notre vie comme nous l'entendons.

— Ne t'énerve pas, chérie, ce que je dis, c'est pour ton bien. Et puis je sais que Stefano est d'accord avec moi. Il n'attend que ça.

En dépit de l'amour que Valentina portait à sa mère, elle n'appréciait que modérément sa manie très italienne de vouloir organiser la vie sentimentale de ses enfants. Il était probable qu'à peine le téléphone raccroché, *mamma* Venostra allait s'empresser d'appeler son frère pour lui servir le même couplet.

— On aura tout le temps d'en parler quand nous viendrons, promit Valentina pour échapper à cette conversation. Tiens, au fait, tu as le bonjour de M. Luigi.

Mme Venostra poussa un petit cri en se souvenant du brave homme et se lança dans une évocation vibrante de tous les souvenirs qu'elle avait avec lui, comme la fois où il lui avait fait crédit parce qu'elle avait perdu son porte-monnaie. Elle n'oublia pas de préciser que M. Luigi avait lui aussi une fille, du même âge que Valentina, et que contrairement à certaines retardataires, celle-ci avait déjà deux beaux enfants…

Lorsque Valentina raccrocha, elle était aussi épuisée d'avoir affronté les sous-entendus de sa mère que d'avoir porté les sacs depuis le marché. Elle se leva pour aller enfin récupérer ses commissions. Sur le palier, elle découvrit un jeune chat qui furetait dans les sacs. Elle s'agenouilla et lui chuchota :

— Eh bien, *gattino*, tu as faim ? Tu ne trouveras pas grand-chose à part des légumes et des fruits. Pas de chance.

Le félin se cambra sous ses caresses et commença à ronronner.

— Je peux te donner un peu de lait, dit Valentina. Attends-moi là…

3

Valentina achevait de plier les serviettes sur la table dressée lorsque la sonnette retentit. Elle jeta un dernier coup d'œil à la vaisselle aux élégants tons pastel et aux verres de cristal qui jetaient de si jolis reflets lorsqu'elle allumait les chandeliers ouvragés anciens que lui avait offerts sa mère. Satisfaite, elle alla ouvrir.

— Francesca ! Entre, tu es la première.

Les deux jeunes femmes s'enlacèrent affectueusement. Valentina s'effaça pour laisser passer son amie. Francesca était légèrement plus petite qu'elle et chacun de ses gestes dégageait une belle énergie que l'on retrouvait dans son regard vert. Ses cheveux sombres coupés au carré jetaient des reflets roux évoquant les feuilles d'automne.

Elle retira son manteau qu'elle suspendit à la patère du couloir, et huma d'un air gourmand l'appétissante odeur qui flottait. Elle soupira, contente d'être là, et jeta un coup d'œil au studio, musardant entre le confortable coin lecture et la table surplombée par une série d'étagères bien remplies.

— Ça faisait un bon moment que je n'étais pas venue chez toi, dit-elle. Tu n'avais pas encore ce jeté de canapé... C'est très joli, ça illumine la pièce !

Se penchant, elle prit un cadre sur une petite table basse et examina une photo récente de Stefano enlaçant Valentina dans ses bras. Le jeune homme la dévorait du regard, et leurs sourires éclatants clamaient leur bonheur.

— Vous êtes superbes là-dessus, commenta Francesca, on dirait presque une photo de mariage...

— Ah non ! protesta Valentina en riant. Pas toi ! J'ai eu Maman ce midi, elle n'arrête pas de me mettre la pression avec ça. Ça tourne à l'obsession.

Singeant Sophia Venostra, Francesca prit une voix grave et déclama en levant un sourcil :

— C'est pour ton bien, ma petite. Et en plus, il est beau !

Les deux jeunes femmes éclatèrent de rire. C'était aussi pour ces moments-là que Valentina aimait tellement Francesca. Ensemble, elles s'amusaient des difficultés, quelles qu'elles soient. Francesca prenait du recul sur tout, et ses petites phrases tapaient toujours juste. Depuis les bacs à sable de la maternelle, ni leurs études pourtant très différentes, ni les déménagements n'avaient eu raison de leur complicité. Francesca était la confidente, l'amie loyale à qui l'on raconte en premier tout ce qui compte.

Chacune connaissait l'autre sur le bout des doigts.

Plus sérieusement, Valentina demanda :

— Tant que nous sommes toutes les deux, dis-moi où tu en es avec Michael.

Le sourire de Francesca s'effaça. Elle baissa les yeux.

— J'ai du mal à tourner la page, avoua-t-elle. Le fait de le voir tous les jours au bureau ne m'aide pas. J'essaie de me convaincre que nous n'étions pas faits l'un pour l'autre, mais c'est bien difficile. Avec lui, je me voyais partie pour longtemps. Je ne sais plus trop où j'en suis. Dimanche dernier, ça aurait fait trois ans que nous étions ensemble.

Valentina fit une petite grimace de sympathie et tendit la main vers son amie dans un geste de réconfort.

— Et lui, qu'est-ce qu'il fait ? Comment réagit-il lorsque vous vous croisez ?

— Il fait comme s'il ne me voyait pas et continue à plaisanter avec ses crétins de collègues. Avant-hier, il portait la chemise que nous avions achetée ensemble pour Noël dernier.

— Peut-être qu'il culpabilise et qu'il n'ose pas faire le premier pas ?

— Tu parles ! Je l'ai vu à la cafétéria. Il faisait du charme à une petite nouvelle de la compta.

Valentina soupira.

— Malheureusement, certains hommes sont comme ça, dit-elle, s'efforçant de se montrer philosophe pour ne pas aggraver la peine de son amie. Il vaut mieux s'apercevoir de ce qu'il est aujourd'hui qu'après dix ans de mariage et trois gosses.

Francesca releva les yeux et confia d'une voix désespérée :

— Si, au moins, il avait l'air de s'en vouloir, je serais prête à lui redonner sa chance. Au lieu de ça, il fait le fier...

— Celui-là, tu l'as encore dans la peau, constata Valentina avec tendresse.

— C'est épouvantable, s'effondra Francesca. Je suis folle de rage contre lui mais il me manque à en crever. L'autre soir, je l'ai même suivi en cachette lorsqu'il est sorti du bureau. C'était pathétique.

Valentina ouvrit de grands yeux et serra contre elle son amie sanglotante.

— Tu te fais du mal, dit-elle d'une voix douce. Je ne juge pas Michael. Ce que je n'aime pas, c'est qu'il te fasse souffrir. Si tu l'aimes vraiment, alors pardonne-lui et retourne au combat. Depuis ton premier mec – tu te souviens, cet abruti de Sergio, le seul du collège qui courait plus vite qu'un vélo – tu n'arrêtes pas de t'amouracher d'égoïstes baraqués qui finissent toujours par te piétiner le cœur. Ça doit être ton truc.

Francesca s'écarta et fixa son amie avec une moue dubitative. Une larme roulait encore sur sa joue et pourtant, l'esquisse d'un sourire se dessinait sur son visage.

— Tu peux toujours te moquer de mes égoïstes baraqués, rétorqua-t-elle, mais je te rappelle qu'au rayon des curiosités, c'est toi qui as ouvert le bal...

Valentina fronça les sourcils en fouillant dans sa mémoire. Francesca ménageait son effet.

— Sergio n'était peut-être pas très malin, lâcha-t-elle soudain avec jubilation, mais lui n'a jamais essayé de me prendre en photo toute nue sous la douche au gymnase pour montrer mes fesses à ses copains !

Valentina porta ses mains à sa bouche dans une expression horrifiée.

— Tu avais juré de ne jamais en reparler ! protesta-t-elle, indignée.

Francesca mima le geste du photographe avec délectation. Les deux jeunes femmes s'étranglaient de rire lorsque la sonnerie de l'entrée retentit.

— File te passer de l'eau sur le visage pour effacer cette vilaine tristesse, dit Valentina à son amie. Je vais ouvrir.

Ses amies Giulia et Raphaëlle, tout sourire, attendaient sur le palier.

— Salut les filles ! s'exclama Valentina.

Raphaëlle lui sauta au cou et Giulia brandit une grande boîte en carton décorée de motifs fleuris.

— Regarde, on est passées chez *Cinque Lune* acheter des gâteaux !

— Génial, on va pouvoir prendre deux kilos en une seule soirée !

Les trois filles s'esclaffèrent.

— Francesca n'est pas encore là ? demanda Raphaëlle. C'est bien la première fois que nous arrivons avant elle.

Valentina lui fit signe de parler moins fort avec un geste vers la salle de bains et expliqua à voix basse :

— Si, si, elle est là. Elle a le moral à zéro. C'est fini avec Michael et elle essaie de s'y faire. Évitez de lui en parler.

Les deux amies opinèrent avec un air compatissant.

— Entrez, entrez, installez-vous, ajouta Valentina d'une voix plus forte. Mettez-vous à l'aise. Qu'est-ce que je vous sers à boire ?

— On attend Francesca, répondit Giulia en posant son carton de gâteaux sur le plan de travail près de l'évier.

Elle huma l'air et s'exclama :

— Ça sent bon le basilic !

— Je vous ai préparé des tagliatelles au pesto, confia Valentina.

— Super ! s'enthousiasma Raphaëlle, je n'en ai pas mangé depuis une éternité.

— Précisément depuis le jour où tu as décidé de garder tes maillots de bain d'une année sur l'autre, ironisa Giulia.

Francesca sortit du cabinet de toilette. Au premier regard, elle sut que ses amies étaient au courant. Cela ne la gênait pas. Elles se connaissaient toutes depuis suffisamment longtemps pour que les faux-semblants soient inutiles. Elles s'embrassèrent. La petite équipe était enfin au complet.

Dans le coin cuisine, Valentina sortit du réfrigérateur une bouteille de muscat de Beaumes-de-Venise, un vin français doux et sucré qu'elle adorait, et entreprit de la déboucher en imitant les gestes solennels de Stefano.

— Eh bien, puisque personne n'a le courage d'avouer qu'il veut boire, je donne l'exemple, lança-t-elle en remplissant quatre verres du vin doré.

Elle leva le sien et porta un toast :

— À vous, mes meilleures amies, et à cette soirée sans garçons, sans hypocrisie et sans édulcorants !

Elles trinquèrent de bon cœur.

4

La *pasta al pesto* était savoureuse, et le vin blanc de Campanie qui l'accompagnait sec et aromatique juste ce qu'il fallait. La soirée se partagea entre conversations plus ou moins sérieuses, fous rires et confidences. La magie de leur amitié opérait comme chaque fois. Ensemble, les quatre jeunes femmes retrouvaient la complicité vive et bienveillante qu'elles aimaient tant. Elles savaient qu'elles pouvaient tout dire, sans crainte d'être jugées ou trahies. Leurs vies étaient peut-être différentes, mais leurs âmes étaient sœurs.

Giulia était la fille d'un des conservateurs des trésors archéologiques de la ville. De très bonne famille, elle avait grandi dans d'immenses appartements, fréquentant le gratin de la capitale au cours de soirées qui n'en finissaient pas. Elle était fille unique, férue de peinture classique, et vivait avec un séduisant diplomate anglais dont la carrière montait en flèche. La moitié de son salaire passait dans ses vêtements, mais malgré son style de vie huppé, elle avait toujours été remarquablement proche de la bande. Elle était la dernière à l'avoir rejointe, attirée par une joie de vivre et un esprit de groupe à toute épreuve.

Raphaëlle suivait Valentina et Francesca depuis l'école primaire. Pour elle, cette amitié était un rayon de soleil dans une vie de famille chaotique, voire traumatisante. Était-ce le fait d'avoir vu son père malmener sa mère, ou d'avoir été la seule fille sur cinq enfants ? En tout cas, Raphaëlle entretenait avec les hommes des rapports pour le moins compliqués. Dans le groupe, elle était assurément la plus douce ; son enfance difficile n'avait pas altéré sa capacité à s'émouvoir ni sa foi en la vie. Curieusement, elle était même sans doute la plus naïve ; elle fondait en larmes facilement et adorait les comédies romantiques… Ses trois amies avaient d'ailleurs tout de suite noté que ce soir, elle ne s'était pas maquillée, ce qui signifiait clairement qu'elle avait des choses déchirantes à leur confier.

Depuis la fin de leurs études, les quatre jeunes femmes arrivaient à se réunir au moins trois fois par an, ce qui ne les empêchait pas entre-temps de rester en contact via les réseaux sociaux, de se téléphoner régulièrement, ou même de déjeuner à deux assez souvent. De toute façon, même si elles ne se voyaient pas pendant des mois, chaque fois qu'elles se retrouvaient, c'était comme si elles s'étaient quittées la veille.

— Ah, mon Dieu ! soupira Valentina en entendant Raphaëlle raconter ses derniers déboires sentimentaux. Je ne sais pas ce qui est le plus difficile à vivre : avoir un homme, ou ne pas en avoir.

— Parfois, commenta Giulia en portant à ses lèvres une bouchée de *pasta*, j'ai l'impression que c'est comme avoir un enfant qu'on n'aurait pas fait. Dean, par exemple, se comporte comme un vrai bébé.

Pressentant l'anecdote croustillante, les autres redoublèrent d'attention. Elle avala une gorgée de vin et se pencha en confidence.

— Le soir, révéla-t-elle, quand il est stressé, il faut que je lui caresse la tête pendant des heures pour qu'il parvienne à s'endormir. Pour un peu, il ronronnerait !

L'étonnement se lut sur les visages.

— Tu parles bien de ton diplomate surdiplômé toujours en costume-cravate qui parle huit langues ? demanda Francesca, incrédule.

Giulia hocha la tête en pouffant.

— Est-ce qu'il garde sa cravate aussi pour dormir ? interrogea Raphaëlle, qui sentait monter le fou rire.

— La cravate, ce ne serait pas grave, répondit Giulia en arquant un sourcil. Ce qui me rend folle, ce sont ses horribles chaussettes anglaises.

— Il dort avec ses chaussettes ? s'étouffa Francesca. Ça c'est sexy, dis donc ! Je ne pourrai plus jamais le voir de la même façon !

Les quatre amies partirent d'un grand rire.

— Vous vous rendez compte, les filles ? hoqueta Valentina. Pour une fois qu'on passe une soirée sans eux, devinez de qui on parle ?

Francesca acquiesça, philosophe.

— Tu m'offres là une belle transition, enchaîna-t-elle en reprenant son souffle. Regardez : il est déjà 23 heures et on n'a pas encore pleuré une seule fois. C'est super sympa d'éviter le sujet, mais n'imaginez pas que vous allez pouvoir quitter cette pièce avant que je vous aie tout déballé à propos de Michael. Si je ne peux pas vous en parler, je vais devenir dingue ! Il n'y a qu'avec vous que je puisse rire de ce *cattivo* au lieu d'en baver !

Valentina remplit leurs verres et dit en lui adressant un clin d'œil :

— Et en plus, il est beau !

5

Finalement, le bureau de Valentina ressemblait beaucoup à son studio : pas très grand et rempli d'objets hétéroclites auxquels elle seule pouvait trouver une cohérence. Le lieu détonnait vraiment comparé à l'univers design tout en lignes d'aluminium froides et épurées des bureaux du géant du textile italien qui l'employait. Dans la pièce de travail de Valentina, les tons étaient chaleureux ; chaque détail était particulier, personnalisé ; en un mot : vivant. Les murs étaient tapissés de croquis de vêtements de styles très différents et aux coupes parfois vraiment déconcertantes.

Valentina était entrée dans l'entreprise comme simple assistante styliste, mais son esprit de synthèse et son sens pratique lui avaient rapidement valu d'être promue au département chargé de l'évaluation des projets. Son travail consistait à étudier les esquisses des créateurs et à les passer à la moulinette du concret. Elle devait concilier le rêve et le réalisable – ce qui, dans le domaine des vêtements comme dans la vie, était souvent assez complexe et parfois illusoire.

Chaque projet atterrissait donc entre ses mains, charge à elle d'analyser tout ce qui était nécessaire à sa fabrication. Qu'il s'agisse de fermetures à glissière ou à crochets, de manches sans couture, de teintes fluo ou de maille atypique, elle savait ce qui était possible et ce qui ne l'était pas encore. Son poste demandait une réelle rigueur au service d'une authentique imagination.

Les créateurs de mode lui en voulaient parfois de brider leurs idées, et les techniciens textiles redoutaient chaque fois ses demandes à la limite du réalisable. Prise entre ces deux camps, Valentina s'efforçait de faire de son mieux, ménageant les susceptibilités avec la volonté constante d'aboutir au meilleur résultat. Cet exercice d'équilibrisme mettait quotidiennement son objectivité et sa patience à rude épreuve.

Le fait de travailler pour un groupe industriel aux moyens conséquents lui laissait un champ d'action assez vaste. La compagnie Eccezionale était mondialement réputée, présente dans de nombreux pays à travers des marques et des chaînes de magasins auxquelles le bouillant fondateur, Luciano Beverotti, apportait une notoriété remarquable. Tout le monde avait dans sa garde-robe un vêtement qui venait d'une des marques d'Eccezionale.

Modestement, Valentina était l'une des centaines de personnes, l'un des invisibles maillons de la chaîne qui permettaient à une idée de finir sur le dos de millions d'individus sous toutes les latitudes du globe au gré des saisons. L'idée qu'un simple trait de crayon, passé sur son bureau, puisse un jour devenir un vêtement produit à des millions d'exemplaires l'amusait. En songeant à tous ces gens différents qui l'achèteraient et s'y attacheraient, Valentina était presque émue. Souvent, elle imaginait que tel pull, quelque part, servirait d'oreiller sur l'herbe d'un jardin anglais, pendant qu'ailleurs, dans une rue bondée, il épouserait les formes d'une jeune Parisienne. Dans la douce chaleur d'un foyer, un vêtement imprégné du parfum de sa maman deviendrait le doudou rassurant d'un enfant, pendant qu'à l'autre bout du monde, un chat ronronnerait douillettement blotti dessus... Quoi qu'elle fasse, Valentina n'oubliait jamais qu'elle œuvrait pour des gens. Son approche de la vie était résolument affective.

C'était bien pour cela que ce qui l'attendait ce matin ne l'emballait pas du tout. De retour au travail après un vrai week-end de détente, elle devait s'attaquer à l'impressionnante pile de dossiers et de courriers laissés en attente pendant les longues semaines où elle avait travaillé à son rapport sur la réorganisation du service création. Ce matin, il n'était plus question de remettre à plus tard. Elle devait tout lire, répondre, classer et rattraper des mois de retard. Elle rassembla ses longues mèches en queue de cheval et les attacha avec une barrette afin qu'ils ne lui retombent pas dans les yeux.

Avec résignation, elle souleva la moitié supérieure de la pile et la déposa au beau milieu de son bureau. Elle soupira en prenant la première feuille. Il s'agissait d'une note de service pour les jeunes mères à qui la société offrait un cadeau pour le premier Noël de leur bébé. La note était vieille de quatre mois et ne la concernait pas. Valentina la froissa en boule et l'expédia droit dans sa corbeille. Un instant, elle imagina ce que sa propre mère aurait pu faire comme commentaire si ce document était tombé entre ses mains... Elle ferma les yeux avec une grimace à la fois exaspérée et attendrie.

La sonnerie de son téléphone la fit sursauter. Elle décrocha.

— Mademoiselle Venostra ? demanda une voix féminine.

— Oui. Bonjour.

— Bonjour. Je suis la secrétaire de M. Vecchi. Il désire vous voir.

Valentina marqua un temps.

— M. Vecchi, le directeur artistique ?

— Lui-même.

— Il veut me voir maintenant ?

— C'est ce qu'il a demandé. Il vous attend.

— J'arrive.

En raccrochant, Valentina tremblait. Elle consulta sa montre. Pourquoi diable était-elle convoquée à la direction générale ? Surtout, ne pas se laisser gagner par l'angoisse. Il était trop tôt pour qu'Oliviero Vecchi ait lu son projet. Le numéro quatre de la boîte avait sûrement autre chose à faire que de commenter les rapports de préconisations des employés. Malheureusement, Valentina n'avait pas le temps d'appeler Francesca, ni Stefano, pour se donner du courage. Sur ce coup-là, elle était toute seule.

Elle regarda à nouveau sa montre. Cet appel était on ne peut plus inattendu. Elle essaya de se calmer. Ce genre de rendez-vous, c'était soit très bon, soit très mauvais. Avec son jean et son sweat d'une marque concurrente, elle n'était même pas habillée pour faire bonne impression. Elle se mordit la lèvre et se remit à trembler de plus belle. Soudain, tout lui faisait peur.

Valentina se sentait incapable de se lever de sa chaise. Se raisonnant, elle prit une profonde inspiration, appuya ses paumes sur son bureau et se fit violence. Elle avait les jambes en coton. Au moins fallait-il faire bonne figure. Elle prit une longue inspiration, attrapa son miroir de poche, se remit rapidement un peu de gloss et batailla avec sa barrette pour tenter de discipliner sa mèche, celle qui s'échappait toujours.

En remontant le couloir vers les ascenseurs, elle passa en revue tous les croquis qu'elle avait expertisés ces derniers temps. Avait-elle commis une erreur ? Se pouvait-il que ses commentaires directs sur les élucubrations de certains créateurs aient pu choquer ou vexer une relation de ce grand patron ?

Elle pénétra dans la cabine sans lever les yeux de ses esquisses. En appuyant sur le bouton de l'étage de la direction, elle redoutait le pire.

6

Juste avant que l'ascenseur n'arrive à destination, Valentina vérifia une dernière fois son allure dans la glace. Elle avait l'air affolée et n'arrivait même pas à se regarder en face. Elle inspira à fond, s'obligea à redresser les épaules et sortit dès que les portes s'ouvrirent.

Le long couloir était décoré d'immenses tirages alignant les plus spectaculaires clichés des campagnes de la marque. Chacun des visages semblait la suivre des yeux.

Au secrétariat d'Oliviero Vecchi, on l'attendait. Une assistante en tailleur strict, tirée à quatre épingles, l'eye-liner appliqué au millimètre et le chignon si impeccable qu'il paraissait entièrement artificiel, l'accueillit sans rien laisser deviner de ce qui l'attendait.

La femme lui ouvrit les deux hautes portes qui conduisaient chez le tout-puissant directeur artistique. Lorsqu'elle pénétra dans l'immense pièce avec vue panoramique, Valentina avait le cœur qui battait à tout rompre. Un bref instant, elle songea même à s'enfuir à toutes jambes.

— Entrez, mademoiselle Venostra, lui dit Oliviero Vecchi, assis derrière un imposant bureau entièrement translucide.

Le directeur artistique d'Eccezionale était entouré de photos de top-modèles grandeur nature. Le long des murs de hêtre clair, d'élégants bustes de mannequins portaient les créations les plus originales de la prochaine collection. Les grandes fenêtres laissaient entrer les rayons du soleil, qui dessinaient des taches de lumière sur les épais tapis à motifs géométriques.

À petits pas timides, Valentina s'avança. L'homme se leva et contourna son bureau. Il lui tendit la main.

— Oliviero Vecchi. Je ne crois pas avoir eu l'occasion de vous rencontrer personnellement auparavant.

— Non, en effet, répondit Valentina avec un sourire crispé.

— Installez-vous.

L'homme avait beaucoup d'allure et son costume parfaitement coupé valorisait ses épaules. Il avait sans doute une cinquantaine d'années et la musculature sous la veste trahissait de longues heures en salle de fitness. Ses tempes poivre et sel lui donnaient un charme certain. Il s'exprimait d'une voix agréable, un peu cassée, au ton parfaitement posé.

Son regard gris acier, cependant, ne laissait rien paraître. Il reprit place dans son grand fauteuil de cuir crème sans la quitter des yeux.

D'un geste précis, il s'empara d'un dossier sur son bureau. Valentina reconnut aussitôt son rapport. Son estomac se noua.

— Vous m'avez gâché mon dimanche, commença Vecchi sans sourire.

Valentina blêmit.

— Raimondo Olta m'a téléphoné chez moi, pour me dire qu'il fallait que je lise d'urgence votre projet. Il était dans un état presque inquiétant. Il est venu me l'apporter le midi même.

L'homme fit une pause, se pencha en avant, l'œil perçant. Valentina ne respirait plus.

— Et ce que j'ai lu m'a positivement enthousiasmé ! lâcha-t-il, après ce qui sembla avoir duré un siècle.

La jeune femme se mit à trembler sous l'effet de la tension nerveuse.

— Votre approche du marché des vêtements maille est absolument fantastique.

Valentina ne savait comment réagir. Son cerveau s'emballait littéralement, et elle demeurait incapable de savoir si elle devait sourire ou éclater en sanglots.

— Mademoiselle Venostra, depuis combien de temps travaillez-vous avec nous ? demanda Vecchi.

— D-d-deux... deux ans et demi, répondit Valentina en bafouillant.

— Je passe mon temps à répéter que certains de nos employés ne sont pas reconnus à leur juste valeur, et vous en êtes le parfait exemple. Avec votre projet, nous allons pouvoir réorienter, reconcevoir notre façon de créer la mode. J'en ai parlé à Luciano tout à l'heure. Il aura votre rapport ce soir, dès qu'il rentrera de New York.

Valentina n'arrivait pas à y croire. Pour elle, il ne pouvait s'agir que d'une énorme blague, ou d'un malentendu. Son petit projet ne pouvait absolument pas avoir un tel impact. Personne à la direction n'attendait après elle pour définir la stratégie du groupe. C'était impossible.

— Votre idée de former des correspondants qui, partout sur le globe, seront exclusivement dédiés à l'écoute des nouvelles tendances aussi bien chez les créateurs que dans la rue est excellente. Nous devons réellement accompagner les youtubeurs, les blogueurs et les influenceuses et agir en synergie avec eux. Au lieu d'avoir nos petites stars de la création qui tournent en circuit fermé et se regardent le nombril, comme vous le dites si justement, ouvrons-nous vers l'extérieur, vers les talents émergents. Les idées sont partout, et mettre au point le système qui pourra les guider et les faire remonter vers nous afin de leur ouvrir l'accès à nos collections est un investissement des plus judicieux, aussi bien pour notre clientèle que pour notre image. Vous avez raison, nous devons donner leur chance à des jeunes créateurs prometteurs à travers des collections capsules que nous lancerons non pas à grand renfort de battage médiatique, mais en nous appuyant sur les nouveaux médias. Il faut raccourcir la chaîne entre l'inventivité, l'envie et les besoins, et votre idée de correspondants nous permettra de nous rapprocher de tous ceux pour qui, en définitive, nous travaillons, et de mieux les entendre. C'est simplissime, et c'est génial.

Cette fois, Valentina rougit.

— Bien sûr, ajouta le directeur artistique, il n'est pas question de vous retirer votre idée et de confier sa mise en œuvre à quelqu'un d'autre. Vous l'avez imaginée, vous allez la mener à bien.

Valentina ouvrit de grands yeux. Vecchi éclata de rire.

— Ne vous inquiétez pas, vous serez épaulée. Vous aurez l'esprit et les mains libres pour vous consacrer à ce qui vous passionne.

Oliviero Vecchi se pencha soudain vers Valentina et lui demanda, les sourcils froncés :

— Dites-moi, vous êtes muette ou vous avez vu un revenant ?

— Ni... ni l'un ni l'autre, balbutia-t-elle. Excusez-moi, je suis un peu surprise.

L'homme arbora un grand sourire chaleureux.

— Vous êtes jeune, dit-il, et vous ne vous attendiez pas à ce que votre travail produise autant d'effet. Vous avez conçu votre projet dans votre coin, en toute sincérité, sans vous préoccuper de ce qu'on en dirait. Je peux comprendre. J'ai vécu la même chose. Un jour, alors que j'étais encore simple styliste chez Mondini, j'en ai eu assez de tous ces abrutis qui se prenaient pour des papes de la mode. Je les jugeais sans imagination, trop préoccupés par eux-mêmes, sans aucune passion pour leur métier. J'ai décidé de tout plaquer. J'ai écrit une lettre de démission incendiaire au big boss et, allez savoir pourquoi, il l'a lue. Je me suis retrouvé devant lui, penaud, regrettant d'avoir dit tout ce que j'avais sur le cœur. J'étais certain de me faire passer un savon et de ne plus trouver de travail nulle part. Eh bien, non seulement il était d'accord, mais il m'a bombardé directeur ! Aujourd'hui, avec le recul, je me rends compte que dire ce que je pensais était la meilleure chose à faire, et que ce coup de sang a été la chance de ma vie, mais à cette époque-là, face à lui, j'étais terrifié... Alors croyez-moi, ma chère, je sais ce que vous ressentez et je peux vous assurer que quel que soit le chemin où vous conduisent vos convictions, vous devez toujours le suivre.

Valentina se détendit un peu.

— Vous savez, reprit Vecchi, dans ce genre de situation, ce n'est pas la soudaineté de la nouvelle qui est la plus éprouvante.

— Que peut-il y avoir de pire ? s'étonna Valentina.

— C'est le boulot qu'il faut faire après pour être à la hauteur. Je peux vous promettre deux choses : la première, c'est que quel que soit votre avenir, vous n'oublierez jamais ce moment. La seconde, c'est que vous n'allez plus avoir le temps de dormir. Si je peux me permettre quelques conseils : soyez vous-même, méfiez-vous des jaloux, et ne vous représentez plus jamais dans mon bureau avec un pull de chez Benetton...

7

Le hurlement de Francesca résonna d'un bout à l'autre de la salle du Da Baffetto. D'un seul coup, toutes les conversations du restaurant cessèrent. Les fourchettes restèrent en suspens au-dessus des fines pizzas recouvertes de *mozzarella* et de *prosciutto*, des *saltimbocca* et des *gnocchi alla romana*. Il n'y avait plus un bruit et tous les regards étaient sur elles.

— Chut ! intima Valentina à son amie. Tu es folle ?

Francesca trépignait sur sa chaise. Soudain, n'y tenant plus, elle se leva et par-dessus la table, attrapa le visage de son amie pour l'embrasser avec un enthousiasme qui faillit renverser la carafe d'eau. Gênée, Valentina sourit à la ronde et fit signe à sa complice de se rasseoir immédiatement.

— Tu as prévenu tes parents ? s'enquit Francesca.

— Papa était très ému, il était vraiment très fier. Ça m'a rappelé quand j'étais gamine et qu'il m'a vue faire mes lacets toute seule pour la première fois. Je suis sûre qu'il avait les larmes aux yeux. Quant à Maman, devine quoi : elle a dit que tout ça n'allait pas m'aider à fonder une famille de sitôt...

— Et Stefano ?

— Il doit être dans l'avion du retour. Je tombe toujours sur son répondeur.

— *O mio Dio*, Val, je suis folle de bonheur pour toi ! Je savais que ce genre de truc t'arriverait. Depuis qu'on se connaît, tu as toujours eu une approche différente des choses. Souviens-toi, déjà à l'école, c'est toi qui faisais remarquer à la maîtresse ce qui n'allait pas dans la classe. Même si ça ne lui plaisait pas vraiment, elle t'écoutait, et tu n'avais pas dix ans ! C'était écrit, ma petite, je le sentais venir.

— Puisque tu as des dons de voyance, tu aurais dû me prévenir, parce que ce matin j'ai frisé la crise cardiaque. Tu m'aurais vue dans le bureau de Vecchi, je n'en menais pas large ! J'étais sûre d'avoir été convoquée pour me faire virer. J'ai bafouillé, j'ai répondu n'importe quoi, j'ai été nulle. J'étais complètement paniquée.

— Il faut toujours que tu te rabaisses. Tu n'as pas assez confiance en toi. Je te le dis constamment.

Valentina soupira. Elle ne réalisait toujours pas tout ce que représentait ce coup de théâtre. Les idées se bousculaient dans sa tête. Elle s'imaginait en femme d'affaires entourée d'un bataillon de collaborateurs notant le moindre de ses propos, puis la seconde d'après, elle se voyait chassée du siège de la compagnie pour avoir échoué dans la mission qu'on lui avait confiée. Francesca continuait à lui parler, mais elle était ailleurs. Ce changement de statut brutal allait profondément modifier ses rapports avec les créateurs. Désormais, elle ne serait plus seulement l'analyste pointilleuse de leurs projets, mais celle qui pourrait juger s'ils méritaient d'être soumis aux directeurs de collection. Elle n'aurait plus à gérer quelques créateurs italiens, mais des centaines, venus des cinq continents. Valentina fut prise de vertige en imaginant la somme de travail que sa nouvelle fonction impliquait. La panique la gagnait, exactement comme le matin même.

Quelques heures plus tôt, dès qu'elle était sortie de chez Vecchi, elle s'était enfermée dans son bureau et avait appelé ses proches. Elle ne l'avait pas fait avec l'idée de leur annoncer fièrement sa promotion, mais plutôt pour se rassurer sur ce qui lui arrivait. Elle était bouleversée, excitée, épuisée, à bout de nerfs.

— Et ton salaire, il va drôlement augmenter ?

La voix de Francesca fit irruption dans son esprit. Valentina flotta un moment puis, revenant au présent, répondit :

— On n'en a pas parlé. J'ai rendez-vous demain avec la direction administrative pour étudier les modalités du poste.

— Comment fais-tu pour rester si sérieuse alors que tu viens de toucher le jackpot ? Moi, si le numéro quatre de ma boîte débarquait pour me dire « Mademoiselle Olmero, vous méritez beaucoup mieux que votre poste de commerciale à la petite semaine, et d'ailleurs dès demain, vous serez chef du service entier », je ferais des bonds partout !

Continuant à développer son scénario imaginaire, la jeune femme poursuivit :

— D'un seul coup, je deviendrais la patronne de Michael et je pourrais le convoquer aussi souvent que je voudrais. Il serait là, devant moi, prisonnier de mon bureau, à ma merci. Alors, soit il serait très gentil, soit je le ferais muter à la maintenance informatique ! Waouh ! Ce serait top !

Valentina secoua la tête.

— Ma pauvre, tu délires. Ces trucs-là n'arrivent jamais.

— Tu es la preuve vivante que si. Regarde ce qui s'est produit ce matin. Souviens-toi seulement de ce que nous disions pas plus tard que samedi avec Giulia et Raphaëlle. Tu te voyais faire ce job encore un an, deux au maximum, et puis après tu ne savais pas. Quarante-huit heures plus tard, tu vas choisir la couleur du papier peint de ton nouveau bureau, qui – soit dit en passant – a toutes les chances d'être trois fois plus grand que ton appart'. Comment expliques-tu ce miracle ? Tu vois bien que tout peut arriver. Je t'en prie, au nom de notre amitié, confie-moi ton secret, que je puisse moi aussi vivre ça dans ma carrière...

Francesca mima l'attitude implorante d'une pauvre pécheresse face à une sainte. Valentina étendit la main dans un geste de bénédiction et déclara d'une voix solennelle :

— Nuit et jour tu travailleras, et dans ton petit bureau tu rédigeras... un rapport carabiné sur les abrutis qui prennent des décisions débiles. N'épargne rien, mon enfant, pointe toutes les inepties, les évidences que personne ne veut voir, et le résultat tu constateras.

— Mouais, vu la mentalité de ma boîte, je risque de finir à la rue... Enfin, quoi qu'il en soit, ce jour est le tien, et il va falloir fêter ce conte de fées dignement !

— Tu as raison, faire la fête une dernière fois avant de périr écrasée sous les responsabilités et les emplois du temps ingérables...

Constatant que son amie n'était pas si enthousiaste que cela, Francesca demanda :

— Tu es inquiète ?

— C'est si soudain, si violent... J'ai besoin d'un peu de temps pour y voir clair. Mais je suis sûre que notre dîner toutes les quatre samedi soir m'a porté chance.

Francesca lui frictionna la main.

— Je suis fière de toi, petite sœur. Et compte sur moi pour t'en coller une si tu attrapes la grosse tête !

Elles éclatèrent à nouveau de rire, mais les autres clients ne s'en formalisaient plus depuis longtemps.

8

En consultant le répondeur de son mobile, Valentina ne trouva qu'un seul message. De sa voix charmeuse, bien timbrée, Stefano annonçait qu'il serait de retour à Rome en fin d'après-midi, qu'il espérait que Valentina pourrait être chez lui pour dîner vers 20 heures et qu'il était impatient de la retrouver.

La jeune femme était heureuse qu'il revienne enfin. Six jours sans le voir, avec juste de brefs textos et un petit coup de fil de temps en temps à des heures impossibles pour cause de décalage horaire, c'était très long... Et puis, elle voulait lui faire la surprise de la grande nouvelle de sa promotion.

L'après-midi était déjà bien entamé et Valentina se consacrait au laborieux rangement de son bureau. Elle avait commencé par les dossiers de projets, puis avait poursuivi avec les documents administratifs. Elle n'avait pas encore eu le courage de s'attaquer à sa boîte mail – les signets indiquant les messages les plus urgents ou les plus importants encore à traiter dessinaient une sarabande multicolore sur l'écran et auguraient quelques heures fastidieuses. Elle savait cependant qu'elle ne s'en irait pas sans avoir fait le ménage là-dedans aussi. Elle grimaçait rien qu'en songeant à ces dizaines de messages. Si elle admettait volontiers que le courrier électronique était rapide et pratique, elle jugeait cela impersonnel, souvent négligé, voire bourré de fautes, et regrettait que cela permette à n'importe qui d'envoyer n'importe quoi n'importe quand.

Pour être un peu au calme, elle avait fermé sa porte. La pile de documents à trier diminuait lentement et la corbeille débordait depuis longtemps. Elle avait fait une pause de quelques minutes pour aller se chercher un thé infect au distributeur. Parfois, elle se renversait sur sa chaise et observait le décor autour d'elle. Son regard vagabondait d'un croquis à l'autre, s'attardant sur un échantillon de tissu ou sur ses notes affichées aux murs. Déjà de la nostalgie, songea-t-elle. Il suffit parfois d'un seul événement, de quelques heures pour que tout vous paraisse différent. Certaines situations vous font vieillir plus vite que le temps. Valentina avait conscience que son rendez-vous de la matinée marquait un tournant dans son existence. Beaucoup des doutes et des hésitations qu'elle avait éprouvés lui semblaient à présent bien futiles, presque puérils. Elle avait, comme toujours, fait ce qu'elle croyait bien, et la vie avait décidé qu'il était temps d'accélérer le cours de son destin. Ce qu'elle affrontait encore avec appréhension la semaine précédente ne lui faisait désormais plus peur. Elle n'en tirait aucune vanité, bien au contraire. Elle savait que, très vite, elle aurait d'autres problèmes, plus importants, plus conséquents, et tout aussi effrayants pour elle.

Avec méthode, elle triait les documents en attente, allégeant les dossiers au maximum. Cette occupation, somme toute assez mécanique, lui laissait le loisir de réfléchir. Comment allait réagir Stefano à l'annonce de son avancement ? Non sans plaisir, elle imaginait déjà leur dîner. En général, il faisait très bien les choses. Il passait chez le traiteur de la via Marmorata prendre ces *antipasti* dont elle raffolait, particulièrement leurs petites courgettes grillées dont la marinade était secrète. Pour ces soirs-là, Stefano tamisait les lumières de son duplex. Ils s'installaient dans le canapé. Sur la table basse, un grand barolo ou un délicieux asti spumante aux arômes de pêche et à la température parfaite les attendait. La musique de Gershwin ou de Puccini les enveloppait tout au long de la soirée. Valentina savait que Stefano serait vêtu avec élégance, qu'il aurait choisi un pull parmi ceux qu'elle lui avait offerts, peut-être un des modèles rares qui n'avaient été fabriqués qu'à quelques exemplaires, trop originaux pour s'inscrire dans une collection grand public mais qu'elle avait adorés. Il avait une façon de les porter qui lui appartenait, avec décontraction, une grâce à la fois féline et masculine qu'elle admirait. Avec lui, les heures seraient douces.

Elle aimait ces moments, ils étaient chaque fois comme un premier rendez-vous. Il n'y avait jamais eu entre eux aucune routine, pas la moindre habitude. Inconsciemment, c'était peut-être aussi cela qu'elle souhaitait préserver en leur évitant l'usure du quotidien.

Valentina aimait écouter Stefano parler de ses projets. Elle ne partageait pas vraiment ses goûts de luxe, notamment en matière de voitures de sport, mais avec lui, elle se sentait en sécurité. Elle trouvait agréable de pouvoir se dire qu'ils avaient un futur ensemble, qu'ils avaient encore le choix de partir, d'acheter une maison loin du centre. La jeune femme se rendait compte qu'elle aimait faire durer ces années de la vie où l'on sent que tout est encore possible. Souvent, lorsqu'ils étaient ainsi tous les deux, elle avait l'impression qu'ils profitaient de l'appartement de leurs parents partis en week-end. Elle se trouvait décidément trop jeune pour vivre au milieu du cuir et des bois précieux en contemplant des toiles d'art moderne qu'elle ne parvenait pas à trouver belles. Quand, avec une moue dubitative, elle fixait les œuvres accrochées chez Stefano, il prenait le temps de lui expliquer les tableaux pendant des heures. Il se lançait dans des descriptions enflammées de dessins abstraits aux couleurs criardes. Elle n'était pas davantage convaincue, mais elle aimait l'entendre, le voir faire d'amples gestes, s'enflammer pour des teintes ou des textures. Elle lui trouvait du charme, de l'élan. Il n'était ni très grand ni très carré, mais il avait un sourire et un regard à vaincre toutes les résistances.

Ce soir, Valentina savait qu'ils parleraient du Japon, des contrats qu'il y avait conclus. En fin de soirée, elle resterait dormir, se blottirait dans ses bras. Il ferait courir ses doigts dans ses cheveux sombres, sur sa nuque, sa peau. Là, il lui dirait qu'il l'aimait, qu'il suffirait qu'elle le veuille pour que son appartement soit aussi le sien. Valentina s'abandonnerait, de plus en plus. Et elle se dirait que, peut-être, le temps était venu d'accepter...

9

« Via Vittorio Veneto, 132 » : l'annonce de l'adresse faisait toujours son petit effet. Pour les Romains comme pour les cinéphiles, la rue mythique resterait à jamais rattachée à Fellini et sa *Dolce Vita*, et elle était aujourd'hui synonyme de luxe. Le chauffeur du taxi jeta un coup d'œil dans son rétroviseur, se demandant si sa belle passagère n'était pas une quelconque célébrité…

En s'installant dans le véhicule, Valentina savait déjà que, dans le meilleur des cas, elle aurait au moins vingt minutes de retard chez Stefano. Se déplacer en voiture à Rome était un véritable cauchemar, mais ce soir, la jeune femme était fourbue et ne se sentait vraiment pas la force de marcher, surtout avec des talons si hauts.

Après avoir terminé le plus gros du rangement à son bureau, elle était repassée chez elle pour se doucher et se changer. Elle avait pris le temps de faire un brushing soigné pour mettre en valeur ses boucles brunes et s'était maquillée avec recherche, soulignant ses yeux d'un bleu foncé que Stefano comparait aux profondeurs marines. Elle avait choisi de porter une robe noire près du corps au décolleté recherché, assortie de stilettos qui allongeaient encore ses jambes. Un grand châle de soie mordorée couvrait ses épaules. Elle savait que Stefano appréciait quand elle jouait la sophistication, et ce soir, elle souhaitait lui faire plaisir.

Dehors, le jour déclinait. À travers les vitres du taxi, emmitouflée dans son élégant manteau, Valentina observait les rues, les fenêtres des immeubles déjà éclairées. Lorsqu'elle était petite, elle jouait à deviner qui vivait derrière. Elle imaginait toujours des familles, des repas, des enfants chahuteurs. À ce jeu-là, son amie Francesca s'était fait une spécialité d'histoires passionnées, d'amours contrariées. Quant à Vincenzo, son petit frère, il préférait épouvanter toute la famille avec des récits de tueurs sanguinaires qui les pourchasseraient s'ils les surprenaient en train de les espionner.

Le taxi n'avait pas fait cent mètres que, déjà, ils étaient pris dans un embouteillage. Le chauffeur, un brave homme passablement dégarni, repassa au point mort et soupira.

— On n'y sera pas avant une petite demi-heure. Désolé.

— Ce n'est pas bien grave, répondit Valentina sans quitter la rue des yeux.

— Celui qui a la chance de vous attendre ne doit pas penser la même chose…

Valentina sourit du compliment. La voiture finit par avancer, au pas. Les rues se succédaient, les gens sur les trottoirs ne se pressaient plus autant que quelques semaines plus tôt. Le printemps était là, timide encore, mais bientôt, il ferait bon flâner. Même après toutes ces années, la jeune femme était toujours étonnée de constater les différences d'ambiance d'un quartier à l'autre. Elle quittait un secteur populaire aux petites rues grouillantes et aux nombreux magasins. En quelques artères, le paysage urbain s'était complètement métamorphosé.

À peine plus au nord, le décor se composait de larges avenues bordées d'enseignes prestigieuses et de sièges sociaux de grandes entreprises. Celui d'Eccezionale n'était d'ailleurs pas loin. Valentina aimait cette variété, loin des clichés de carte postale. Pour les touristes, Rome n'était qu'un musée à ciel ouvert, un somptueux champ de ruines, témoignage d'un passé glorieux depuis longtemps révolu. De la ville, ils ne voyaient que les œuvres, les monuments, mais pour les Romains, leur capitale était d'abord un incroyable lieu de vie, un havre de paix partagé entre le respect de la mémoire des siècles et l'envie d'écrire le futur.

Le soir, lorsque les cars de touristes désertaient la ville, ramenant les groupes dans des hôtels sans âme, Rome redevenait elle-même. De l'élégance des grandes voies tracées par des empereurs visionnaires aux petites rues dans lesquelles on s'interpellait d'une fenêtre à l'autre, partout, la vie était là. La *dolce vita* n'était pas qu'un souvenir.

En traversant la ville, Valentina vérifiait une fois de plus ce qu'aucun Romain n'ignore : chaque colline de Rome est un monde, avec son peuple, son parfum, ses coutumes et ses secrets.

Débouchant sur le parc de la Villa Borghese, le plus grand de la ville, la via Veneto était une des adresses les plus prisées de la capitale. Des vedettes du show-biz, des industriels en vue, quelques sportifs, footballeurs ou champions automobiles aussi, vivaient là, dans des appartements cossus protégés par de hautes grilles. Les plus fortunés possédaient un hôtel particulier. Peu étaient assez riches pour demeurer ici tout au long de leur vie. La plupart ne faisaient que passer, profitant d'une mode, d'une célébrité tout juste conquise ou d'une fortune récente trop vite accumulée dans les nouveaux médias. Pour les badauds et les touristes, le jeu consistait à essayer d'apercevoir qui se cachait derrière les vitres fumées des berlines allemandes ou au volant des cabriolets italiens qui s'engouffraient sous les porches bien gardés.

Stefano avait toujours voulu évoluer dans cet environnement. Lorsque l'un de ses amis lui avait parlé d'une possible location, le jeune homme n'avait pas hésité à casser sa tirelire. Il était peut-être logé au-dessus de ses moyens pour le moment, mais il vivait son rêve. Chaque matin, lorsqu'il sortait du parking de son immeuble au volant de sa Maserati GranCabrio, il croisait les regards envieux des passants. Certains devaient même le prendre pour un présentateur de télévision ou un acteur. Cela l'amusait, et au fond, il ne détestait pas cela.

L'idéal était bien sûr d'avoir un appartement dans les étages les plus élevés, de préférence au-dessus du troisième pour apprécier la vue sur le parc et la Porta Pinciana sans être gêné par les grands arbres. Le duplex de Stefano était situé aux quatrième et cinquième.

Le taxi s'arrêta enfin devant la porte. Valentina régla en laissant un bon pourboire et descendit. Le chauffeur la remercia. Elle s'approcha de l'interphone discrètement éclairé et pressa la touche « Stefano Cannaregio ». Un jour, ce nom serait peut-être le sien. Plusieurs fois, elle se répéta mentalement « Valentina Cannaregio », pour voir quel effet cela faisait. C'était assez étrange, en réalité.

La voix de son compagnon déformée par le haut-parleur la ramena à la réalité.

— C'est moi, dit-elle.

— Monte vite.

Le déclic électrique de la porte retentit, et elle s'engouffra sous le haut porche, suivie des yeux par le chauffeur.

10

Stefano l'attendait sur le palier à la sortie de l'ascenseur. Il avait son sourire des grands soirs.

— *Mia cara !*

Il l'enlaça, la souleva de terre et l'embrassa longuement.

— Tu m'as manqué, murmura-t-il.

— Toi aussi, dit-elle en se serrant contre lui. Il s'en est passé de belles depuis ton départ.

— Rien de grave, j'espère ?

— Non, mais j'ai hâte de te raconter.

Il la saisit par les hanches, recula d'un pas et l'enveloppa d'un regard admiratif.

— Tu es somptueuse.

Elle lui sourit. Dans l'entrée, Stefano aida galamment Valentina à ôter son manteau et posa la main sur la poignée de la porte menant au salon, qui, pour une fois, était fermée.

— Je t'ai préparé une petite surprise, dit-il en l'embrassant une nouvelle fois. Allez, entre.

Il ouvrit la porte en grand. Là où Valentina s'attendait à trouver une ambiance calme et feutrée, elle découvrit, éberluée, une bonne trentaine de personnes qui l'attendaient. Une clameur monta aussitôt pour l'accueillir. Certains lui souhaitaient la bienvenue, d'autres criaient son prénom. Bien que reconnaissant beaucoup de ses proches, Valentina en resta muette de saisissement. Au milieu de cette foule, elle identifia Vincenzo et Dina, Francesca, Giulia, Raphaëlle mais aussi quelques collègues et des amis de Stefano. Tous se pressèrent vers elle, tendant les bras, les mains, heureux de la surprise de la jeune femme. Sous le coup de l'émotion, les larmes lui montèrent aux yeux.

Valentina recula d'un pas et sentit dans son dos le torse de Stefano, qui se tenait juste derrière elle.

— Voilà, lui déclara-t-il d'une voix tendre. Nous voulions tous te dire combien nous sommes fiers de toi et combien tu comptes pour nous.

Il lui prit la main et ajouta dans le creux de son oreille :

— Pour moi encore plus…

Les sifflets et les commentaires emplirent l'espace. Valentina se retourna et lui fit face.

— Alors, tu étais au courant pour mon changement de poste ? demanda-t-elle, déconcertée.

— J'ai essayé de te joindre ce matin pendant ta réunion. Ne te trouvant pas, le standard m'a baladé de poste en poste. Quelqu'un a fini par me lâcher le morceau. J'ai appelé Francesca, elle m'a expliqué la situation et on a passé l'après-midi à tout préparer.

Valentina se pendit au cou de Stefano et l'embrassa avec passion, sous les vivats. Elle se tourna ensuite vers l'assemblée, enveloppa tous ses amis du regard et, avec un immense sourire, déclara :

— Moi qui espérais passer une petite soirée tranquille en amoureux… Vous êtes fabuleux, toutes et tous, même ceux que je ne vois pas parce qu'ils sont dans la pénombre ! Du fond du cœur, merci, merci beaucoup !

Tout le monde applaudit et Stefano lança la musique.

Valentina vit défiler ses proches les uns après les autres et chacun la félicita en lui souhaitant beaucoup de succès. La jeune femme était saoule de compliments. À l'exception de ses parents, il ne manquait pas grand monde de ceux qui constituaient son univers.

Fidèle, Francesca se tenait à ses côtés, en retrait. Lorsque Valentina eut salué tout le monde, son amie s'approcha et lui glissa :

— Grosse journée, hein ?

— Beaucoup d'émotions, surtout !

— Stefano était tellement enthousiaste que je n'ai pas osé le dissuader.

— C'est génial, ne t'inquiète pas. Je suis sur un petit nuage.

La musique pulsait, les conversations se mélangeaient joyeusement, l'ambiance était euphorique.

— Regarde, fit Francesca en désignant Raphaëlle qui minaudait devant un bellâtre à l'autre bout de la pièce. Je rêve, ou elle est en train de brancher un copain de ton mec ?

— Je crois bien que oui. Souhaitons-lui bonne chance, ça la changerait…

11

Avec la lumière tamisée, la musique et le nombre d'invités au mètre carré, on aurait pu se croire dans une boîte de nuit. Au bout d'une heure ou deux, Valentina, à la recherche d'un peu de calme, décida de monter à l'étage. Elle s'éclipsa discrètement, laissant la soirée battre son plein.

Là-haut, il n'y avait personne. Elle traversa la chambre de Stefano, une pièce toute de bois blond et de meubles aux lignes sobres, et se dirigea directement vers la baie vitrée qui donnait sur le parc. Elle fit coulisser le battant et sortit sur le balcon.

En contrebas, la rue était presque déserte ; la nuit était tombée et la soirée avait fraîchi. Elle frissonna. La rumeur de la musique montait vers elle depuis l'étage inférieur. Le vent léger lui procurait une sensation apaisante. Elle inspira longuement, relevant le menton pour mieux s'offrir à la brise. Fermant les yeux, elle essaya de faire le vide en elle. Les images se télescopaient dans son esprit – les top-modèles du bureau de Vecchi, ses mains qui tremblaient, le sourire de Stefano sur le palier, les visages de ses proches en embuscade, ravis de pouvoir la surprendre.

Elle s'appuya sur la rambarde et contempla les vastes jardins. Les superbes bâtiments qui jalonnaient le parc de la Villa Borghese étaient éclairés. La nuit masquait les détails modernes ; Rome redevenait une somptueuse cité antique, un décor de péplum dont les temples et demeures aux magnifiques colonnes s'embrasaient des lueurs orangées des projecteurs. En cette saison, les arbres n'avaient encore que de toutes jeunes feuilles et à travers leurs branches, on distinguait le tracé des allées qui serpentaient à leurs pieds. Dans quelques semaines, on ne verrait plus rien, et les méandres du parc serviraient alors de refuge aux amoureux.

Malgré la joie que lui procurait cette fête, Valentina aurait bien aimé pouvoir aller marcher dans les allées désertes avec Stefano. Elle aurait tant voulu lui annoncer elle-même ce qui lui était arrivé... Pourtant, elle ne pouvait blâmer personne. Tout était parfait, ses amis étaient là, tous ses proches l'entouraient et se réjouissaient pour elle, et Stefano, en dépit de la fatigue de son voyage, était un hôte attentionné. Elle éprouvait cependant au fond d'elle-même une mélancolie sourde qu'elle ne parvenait pas à s'expliquer.

Valentina sentit soudain une présence derrière elle. Elle se retourna et se trouva nez à nez avec Stefano.

— Tu es heureuse ? lui demanda-t-il en caressant ses cheveux.

— Je te rappelle que je déteste les surprises, plaisanta-t-elle gentiment.

Elle passa les bras autour de son cou et déposa un baiser sur ses lèvres. Il la serra contre lui.

— Reste ici ce soir, lui demanda-t-il. Ne repars plus jamais.

Il ferma les yeux, respira son odeur. La serrant plus fort, il murmura :

— Viens vivre avec moi.

Elle leva les yeux et plongea dans son regard brun empli d'amour, d'attente et d'espoir. Au loin, la musique résonnait. Ils dominaient le parc, seuls dans la nuit, effleurés par le vent léger et sa promesse de printemps.

Elle était encore en train de choisir ses mots lorsque Stefano ajouta :

— Tu sais, au Japon, j'ai beaucoup réfléchi. Toi et moi, c'est sérieux. Je voudrais que tu deviennes ma femme.

C'était direct, inattendu, mais Valentina frissonna de plaisir. Elle se blottit contre lui et rejeta la tête en arrière.

— Qu'en dis-tu ? insista Stefano.

— C'est étrange, dit Valentina d'une voix douce. En sonnant chez toi tout à l'heure, j'ai lu ton nom, et je me suis dit qu'un jour, ce serait probablement le mien.

— Ça veut dire oui ?

Elle lui sourit et hocha doucement la tête. Stefano poussa un cri de joie et ils s'embrassèrent fougueusement. Le jeune homme saisit Valentina par la main et, sans perdre une seconde, il l'entraîna à l'intérieur.

Ils descendirent à toute allure les marches menant au salon. Stefano s'arrêta au bas de l'escalier et, d'une voix forte, demanda que l'on baisse la musique.

— Nous avons quelque chose à vous annoncer, lança-t-il.

Le silence se fit, tous les visages se tournèrent vers eux. Le jeune homme annonça d'une voix joyeuse :

— Valentina et moi allons nous marier !

Ce fut un feu d'artifice de cris de joie, un crépitement d'applaudissements. Stefano prit sa bien-aimée dans ses bras et l'embrassa sous les bravos. La liesse était à son comble. Valentina souriait sans pouvoir reprendre son souffle. Tout allait trop vite. Une nouvelle fois assaillie de félicitations, la jeune femme chancelait, bombardée par trop d'émotions, dépassée, étourdie. Elle éprouvait un curieux sentiment d'irréalité.

La musique repartit de plus belle. Dans le salon, tout le monde dansait, excité par ce déluge de bonnes nouvelles annonciatrices de bien d'autres fêtes.

Lorsque Valentina fut enfin libérée, Francesca se faufila auprès d'elle.

— Tu aurais pu m'en parler, dit-elle, un peu dépitée.

— Je l'aurais fait si j'avais été au courant, se justifia son amie. Stefano vient juste de faire sa demande, et il a foncé !

Francesca fronça les sourcils.

Devant eux, émergeant des ombres qui dansaient, le frère de Valentina apparut. Grand et bien bâti, Vincenzo n'avait plus rien de commun avec l'enfant maigrelet qui embêtait toujours sa grande sœur. Sa femme, Dina, le suivait de près. D'un geste tendre, il attrapa Valentina par le cou et l'attira à lui.

— Je suis heureux pour toi, Val. C'est une grande nouvelle. Tu sais que si tu as besoin, je suis là.

Il l'embrassa affectueusement sur le front et ajouta en lui faisant un clin d'œil :

— Si tu me donnes tous tes bonbons et ta voiture rouge avec les flammes sur les côtés, je te promets de ne rien dire à Maman avant que tu le lui annonces toi-même…

— Oh, *mio Dio*, tu as raison ! s'exclama Valentina. Si elle apprend que d'autres l'ont su avant elle, elle va me tuer !

— Et j'hériterai de tous tes jouets… précisa Vincenzo, hilare.

12

La nuit avait été courte. Valentina se sentait comme au lendemain d'un marathon, fourbue par le torrent d'émotions de la veille. Même le trajet jusqu'à son bureau avait été laborieux. Elle avait des courbatures dans tout le corps, et le mal de tête qui la tenaillait depuis son réveil ne la lâchait pas. Elle avait l'impression d'être en apesanteur, l'esprit embrumé, dépassée par les bouleversements survenus tant sur le plan personnel que professionnel. Bien que n'ayant jamais été ivre de sa vie, elle se dit que c'était à ça que devait ressembler un lendemain de cuite carabinée.

Dans moins d'une heure, elle devait rencontrer le directeur administratif pour discuter des détails de son nouveau poste. Le moins que l'on puisse dire est qu'elle ne se sentait pas au mieux de sa forme pour assumer un rendez-vous aussi important.

Elle se laissa tomber sur sa chaise et se prit la tête entre les mains. S'appuyant sur son bureau, elle soupira. Par quel bout attraper sa nouvelle situation ? Tout cela paraissait si incroyable... En moins d'une journée, elle était passée du statut d'employée discrète qui attendait que son petit ami rentre d'un voyage d'affaires à celui de conseillère à la création quasiment mariée. Elle n'était même pas capable d'énoncer rationnellement ce qu'elle pensait de cette brutale évolution, c'était simplement trop pour une seule personne en quelques heures.

La sonnerie du téléphone lui fit l'effet d'un coup d'aiguille dans le tympan. Elle décrocha en grimaçant.

— Salut, c'est Francesca ! Je voulais savoir comment tu allais ce matin.

— Tu dois en avoir une idée. Je suis fissurée de partout, un peu comme les thermes de Caracalla...

— Tu m'as fait peur, hier soir.

— Pourquoi donc ?

— Quand Stefano a annoncé votre intention de vous marier, tu avais l'air aussi surprise que nous tous.

Valentina hésita un instant.

— C'était le cas, je te l'ai dit. D'ailleurs, il faut que j'appelle Papa et Maman pour le leur annoncer, avant que quelqu'un ne fasse une gaffe.

— Tu es heureuse ?

— De quoi ?

Francesca eut un claquement de langue réprobateur.

— Val, c'est de ton mariage qu'il s'agit ! Tu n'as pas l'air de réaliser. Hier, devant tous tes proches, vous avez déclaré que vous alliez vous marier et tu avais l'air sonnée. Alors je te le demande sérieusement : est-ce que tu es heureuse ?

— Tu sais, on n'a pas fixé de date. Dans le principe, c'est logique que nous y pensions.

— Non mais tu t'entends ? s'écria Francesca. On dirait que tu parles d'un placement pour ta retraite ! Mais il s'agit de faire ta vie avec un homme, de t'engager !

La pression écrasa de nouveau Valentina. Elle n'avait pas du tout envie de réfléchir à tout ce que cela impliquait.

— La journée a été lourde hier, dit-elle pour esquiver le débat. J'avoue que je me sens comme dans un tourbillon. Ma promotion, la fête, vous tous, ce mariage…

— *Ton* mariage, Val ! Bon, écoute, je sais que tu as ce rendez-vous ce matin alors j'arrête de te harceler, mais promets-moi que dès que tu as un moment, tu m'appelles.

— Promis, juré !

— Je t'embrasse.

Francesca raccrocha, songeuse. Décidément, Valentina ne paraissait pas folle de joie…

13

Ce matin, sa tenue vestimentaire était parfaite. Valentina s'était habillée de manière décontractée, mais avec une pointe de sophistication – elle le savait, le *casual chic* lui allait à ravir parce qu'il correspondait à son caractère. Elle avait opté pour un skinny écru qui mettait en valeur la rondeur de ses hanches et ses longues jambes et une tunique de coton et cachemire à col bateau créée par la maison, qu'elle avait agrémentée d'un lourd collier d'argent travaillé, un bijou ancien qu'elle tenait de sa grand-mère.

Ce qui n'allait pas, c'était sa tête. Elle avait les traits tirés, et même le fond de teint plus couvrant qu'à son habitude et l'anticernes ne parvenaient pas à dissimuler les valises sous ses yeux.

Face à elle, le directeur administratif, un petit homme tout rond – corps, crâne, et même lunettes – consultait ses notes avec attention depuis une demi-heure. Il parlait en détachant soigneusement les mots. Il était visiblement familier des contrats et pesait chaque terme.

— Vous aurez une assistante, énonça-t-il, qu'il faudra recruter rapidement. Vous devrez la choisir vous-même. Si vous y tenez vraiment, vous pourrez prendre un homme, mais ce n'est pas la tradition dans la maison.

Valentina acquiesça sans faire de remarque – elle sentait que son interlocuteur ne l'aurait pas très bien pris et mieux valait éviter de faire des vagues dès leur première entrevue.

— Pour ce qui est de vos recherches et de vos contacts, reprit celui-ci, vous ne rendrez compte qu'à M. Vecchi. Votre poste est directement placé sous sa responsabilité. Vous vous en doutez, vous allez effectuer de nombreux déplacements à l'étranger. Nous vous remettrons une carte de crédit pour régler vos dépenses courantes.

Valentina hochait la tête. Elle avait beaucoup de mal à se concentrer sur ce que le directeur administratif lui annonçait.

— A priori, enchaîna-t-il, vous aurez un bureau à l'étage de la direction, mais nous ne savons pas encore lequel. La place est une denrée rare. Si vous n'y voyez pas d'inconvénient, nous préciserons cela d'ici une à deux semaines. Ça ira ?

— Aucun problème. Faites ce que vous pouvez.

— Pour ce qui est de votre salaire, c'est avec M. Vecchi que vous négocierez. D'ailleurs – il regarda sa montre – il doit vous attendre. Il m'a demandé de vous envoyer à son bureau dès que nous aurions terminé, et je crois que c'est le cas.

Valentina hocha la tête, remercia son interlocuteur et se dirigea vers la sortie. Elle allait franchir la porte lorsque l'homme l'interpella.

— Excusez-moi, mademoiselle Venostra. Une dernière petite chose…

Il hésitait, visiblement mal à l'aise. Il baissa les yeux et demanda :

— Vous êtes vraiment déterminée à occuper pleinement vos nouvelles fonctions ? Comment dire, euh… Créer un poste pareil… Vous comprenez, l'entreprise…

Elle saisit très bien où il voulait en venir et répliqua un peu sèchement :

— Monsieur, si vous êtes inquiet parce que je pourrais être enceinte, ce n'est pas le cas. Pour le reste, vous pouvez compter sur moi.

Elle se détourna et sortit sans un mot de plus.

En rejoignant le bureau de son nouveau supérieur, le directeur artistique du groupe, Valentina se sentait fiévreuse. Paradoxalement, la seule chose qu'elle avait vraiment envie de lui demander concernait d'éventuels jours de congé pour y voir un peu plus clair dans sa vie…

Au secrétariat, l'accueil fut le même que la veille, pro et impersonnel. Lorsqu'elle pénétra dans le grand bureau panoramique, Oliviero Vecchi n'était pas seul. Il était plongé dans l'étude d'un rapport avec un homme à peine plus jeune que lui, en costume gris clair, qui lui présentait les pages avec déférence.

— Entrez, entrez, Valentina ! fit Vecchi d'une voix forte. Nous étions en train de parler de vous.

La jeune femme s'avança et salua les deux hommes.

— Vous allez rentrer directement dans le vif du sujet, attaqua son patron. Asseyez-vous.

Valentina prit place face à lui, de l'autre côté de l'impressionnant bureau translucide. L'adjoint se positionna discrètement en retrait. Elle adressa un signe de tête à l'homme que son patron n'avait pas pris la peine de lui présenter.

— Vous le savez peut-être, expliqua Vecchi en regardant la jeune femme, il y a de cela trois mois, notre groupe a racheté une partie de la branche textile de Marks & Spencer. Leur gamme est assez complémentaire de la nôtre. Bien que moins imaginative et essentiellement conçue pour une clientèle anglo-saxonne, elle offre un vrai potentiel de développement à l'international, notamment en Europe du Sud et de l'Est.

Consciencieusement, Valentina faisait tout ce qu'elle pouvait pour se concentrer et ne perdre aucun détail.

— Évidemment, poursuivit Vecchi, un achat de cette ampleur se négocie globalement, sur la base de résultats d'ensemble et de perspectives générales. Ensuite, on étudie le détail. Je serais même tenté de dire : on découvre ce que l'on a acquis concrètement. C'est un deal qui se chiffre en milliards. Nous avons acquis des filatures, des marques, des usines de tricot et de tissage, des points de vente, et même, si ma mémoire est bonne, quelques domaines cotonniers. Pour ce qui est de la maille, votre terrain d'expertise, nous avons hérité d'usines en Inde, au Maroc, en Turquie, mais aussi de certains sites beaucoup plus difficiles à intégrer dans nos structures. Pourtant, nous devons décider quoi en faire avant qu'ils ne nous coûtent une fortune. Nous avons ainsi appris que nous étions les heureux propriétaires d'une minuscule fabrique de pulls traditionnels quelque part à l'ouest de l'Écosse. Nous n'avons même jamais vu ce qu'ils produisent mais a priori, nous leur faisons confiance. Cependant, les chiffres que nous communique la compta sont pour le moins atypiques et nous obligent à nous poser la question de les revendre ou non.

— Vous hésitez à les garder au sein du groupe Eccezionale ? demanda Valentina.

— C'est exactement cela.

— C'est une décision d'ordre stratégique. En quoi puis-je vous aider sur ce plan ?

— Si l'on se réfère à votre pertinente étude du marché, la taille n'est pas le seul critère à prendre en compte, et cette minuscule entreprise ne doit pas se résumer à une approche de pure rentabilité comptable. Certes, ils ne fabriquent qu'une centaine de pulls par mois, et qui plus est du même modèle depuis plus de vingt ans. Mais qui sait ? Ils ont peut-être un savoir-faire, une richesse à développer et à exploiter. D'autant plus que le vintage est plus recherché que jamais…

— S'ils ont duré aussi longtemps, commenta Valentina, ils ne doivent pas être mauvais, et les pulls écossais ont une excellente réputation.

— Nous sommes d'accord sur ce point, déclara Vecchi. Mais est-ce suffisant pour qu'ils se vendent autant que ceux que nous fabriquons ? C'est pour répondre à cette question que, dès demain matin, vous partez pour l'Écosse voir à quoi ressemble notre surprenante acquisition. Votre place est réservée sur le premier vol.

— Demain matin !? s'exclama Valentina.

— Tout à fait. Vous aurez ainsi le loisir de plonger concrètement dans la réalité de votre fonction. J'attends de vous une analyse objective de leurs produits, de leurs moyens de création et du potentiel de développement. Souvenez-vous que pour ces gens, vous incarnez leur nouvel actionnaire. Ils seront légitimement inquiets et méfiants. Ce sera un excellent exercice pour vous. Si je peux me permettre un conseil, ne parlez pas trop. Observez, et maintenez des rapports courtois mais distants. Il se peut très bien qu'à votre retour, le directeur soit remplacé, ou l'entreprise revendue. Tout est possible. Mais nous déciderons en fonction de vos remarques.

— Vous pouvez compter sur moi pour être honnête, assura Valentina, quelque peu abasourdie.

— Cet après-midi, nous vous remettrons les documents que nous possédons sur cette entreprise afin que vous puissiez vous familiariser avec avant de partir. Vous trouverez aussi une proposition de contrat pour votre nouveau poste. Vous lisez ça tranquillement et on en parle à votre retour. N'hésitez pas à me dire si quelque chose vous pose problème.

— Quand souhaitez-vous avoir mon rapport ?

— Prenez votre temps, restez là-bas autant qu'il le faudra. Je vous laisse carte blanche. Si ça se trouve, vous n'aurez besoin que de quelques heures sur place, ou alors vous resterez plusieurs jours pour tout jauger. Le délai n'a pas vraiment d'importance, nous ne sommes plus à une semaine près. Il faut d'abord vous donner les moyens de faire le tour du sujet. Il serait dommage de laisser passer une opportunité. Là-bas, vous serez mes yeux et mes oreilles… même si les vôtres sont beaucoup plus jolis ! Voilà. Je crois que nous avons fait le tour de la question.

Sans plus de manières, Vecchi se tourna vers son adjoint, qui n'avait pas prononcé une parole pendant l'entretien. Il précisa certains points qu'ils venaient d'aborder puis commença à lui dicter des instructions sur d'autres affaires. Valentina en déduit qu'il en avait terminé avec elle. Elle se leva et prit congé.

— Bon voyage ! lui lança Vecchi tandis qu'elle quittait son bureau.

La jeune femme referma la porte et s'adossa au chambranle. Ça y est, c'était parti…

14

— Tu m'en veux... gémit Francesca avec une moue de gamine rongée par le remords.

— Et de quoi suis-je censée t'en vouloir ? s'étonna Valentina.

— De ce que je t'ai dit ce matin au téléphone, à propos de ton mariage, de la tête que tu faisais hier soir et tout ça.

— Mais non, je ne t'en veux pas. Si on ne plus être franches entre nous, c'est grave ! Et puis tu sais, j'ai tellement de trucs à penser depuis hier que je n'ai pas vraiment le temps de jouer à ça...

Les deux jeunes femmes s'étaient installées au fond d'une *trattoria* dans les petites rues derrière la piazza Navona. Là, au moins, elles étaient certaines de ne rencontrer aucune de leurs connaissances.

— Et Stefano, qu'est-ce qu'il a dit pour ton départ en voyage ?

— Il n'avait pas l'air trop content. En plus, il m'a doctement expliqué qu'il ne fallait pas que je me laisse faire ; que lui, lorsqu'il avait été nommé, il avait tout de suite posé ses conditions. Je n'avais vraiment pas besoin d'entendre ça. Quand c'est lui qui s'en va, je ne lui fais pas la tête…

— Eh oui, mais jusqu'à présent, c'était toujours lui qui partait ! Te voilà une *executive woman*… Ne t'inquiète pas, il s'y fera. Et puis l'Écosse, c'est top ! Toi qui n'as pas été malade de l'hiver, tu vas pouvoir te rattraper. Là-bas, tu dois pouvoir choper une bonne grippe. Ça ne va pas arranger ton bronzage, cette affaire. Inutile d'emporter ton maillot de bain, tu ne risques pas de te baigner. L'eau est glacée et de toute façon, il y a des serpents de mer cachés dans la vase…

— Gris et froid, je m'en fiche un peu. Je t'avoue que je suis presque contente de m'en aller quelques jours. Je vais pouvoir réfléchir à tout ce qui m'arrive sans avoir Maman, Stefano et toi sur le dos !

Faisant mine de s'offusquer, Francesca rétorqua :

— Dis donc, comme si j'étais un boulet ! C'est toi qui as voulu déjeuner avec moi ce midi !

Valentina se cambra et la taquina en se donnant des airs de baronne :

— Toutes mes vraies amies étaient déjà prises, alors plutôt que de manger seule et de déprimer, je me suis dit qu'il valait mieux faire l'aumône à une malheureuse…

Francesca s'étrangla :

— Tu vas voir ce qu'elle va te faire, la malheureuse !

15

À travers le hublot, Valentina contemplait les premiers contreforts des Alpes italiennes qui défilaient sous l'avion. Les routes étaient réduites à de fines lignes serpentant entre les reliefs, et les villages ressemblaient au minuscule décor d'un train électrique. Le ciel limpide révélait un horizon qui semblait infini.

L'hôtesse se pencha vers elle, son sourire professionnel découvrant une dentition éclatante.

— Désirez-vous un rafraîchissement, mademoiselle ?

Arrachée à sa rêverie, Valentina pivota vers la jeune femme en uniforme bleu rehaussé de vert et de rouge.

— Non merci, pas pour le moment.

L'hôtesse, toujours souriante, poussa son petit chariot et passa au rang suivant, s'inclinant vers un autre passager. Valentina appréciait le calme feutré de la classe affaires. Elle était confortablement calée dans son grand fauteuil sans personne à ses côtés. Elle avait la place d'allonger ses jambes.

D'ici une heure et demie, elle se poserait à Londres, pour ensuite reprendre un vol régional en direction de Glasgow. Là, quelqu'un de chez McKillin & Son, la fabrique de pulls, devait venir la chercher pour la conduire à sa destination. L'entreprise était située à quelques kilomètres d'Oban, une petite ville côtière de l'Ouest écossais. Valentina s'était renseignée grâce à Google, mais ce qu'elle avait pu voir et apprendre de la bourgade restait assez sommaire.

Jusqu'à aujourd'hui, elle n'avait voyagé que pour les vacances, d'abord avec ses parents lorsqu'elle était plus jeune, puis avec ses amies. Son dernier trajet en avion remontait à l'année précédente, pour un week-end romantique que Stefano avait organisé à Paris. Hormis ces rares occasions, Valentina n'avait pas beaucoup pris l'avion et de toute façon, jamais dans ces conditions. C'était également la première fois qu'elle voyageait seule. Elle qui était fidèle à son quartier et à ses proches se retrouvait au milieu d'inconnus. C'était une situation assez inhabituelle. Elle partait loin de tous ceux qu'elle connaissait et, qui plus est, sans savoir exactement où elle allait. Paradoxalement, cela l'excitait autant que cela l'inquiétait. Valentina se sentait comme à l'aube d'une grande aventure. Elle avait fourré dans sa valise des vêtements plutôt confortables et chauds, avec quelques tenues plus chics – elle n'oubliait pas les mots d'Oliviero Vecchi sur sa qualité d'« incarnation du nouvel actionnaire » et sur la nécessité de représenter la société, mais elle restait un peu dubitative sur ce que cela donnait en pratique dans une petite bourgade écossaise…

Les hôtesses continuaient de proposer des boissons aux passagers. De fauteuil en fauteuil, elles remontaient les allées et recommençaient chaque fois comme si c'était la première. Toujours la même inclinaison du buste en s'approchant, toujours le même sourire, la même question posée en anglais d'une voix chantante. Leur ballet semblait réglé au millimètre. Cela fit sourire Valentina.

L'avant de l'appareil, réservé aux voyageurs privilégiés et séparé du reste de l'avion par une série de rideaux, était presque exclusivement rempli d'hommes. Tous portaient le même genre de costume gris ou bleu, les plus originaux se permettant d'arborer une cravate de couleur vive, dans les tons violet ou rouge sombre. La plupart pianotaient sur un ordinateur ou étaient occupés à lire des journaux économiques ou des magazines de sport – qu'il s'agisse de l'un ou de l'autre, ils étaient sérieux, concentrés, à croire que pour eux, les classements des clubs de foot étaient aussi importants que les cours de la Bourse… Valentina ne comprenait rien ni aux uns ni aux autres et s'en portait très bien. Peu d'entre eux se donnaient la peine de regarder l'hôtesse qui les servait. Certains ne devaient pas être beaucoup plus âgés que Valentina, mais avec leur air austère, leurs petites lunettes et leurs stylos noirs ou dorés, ils finissaient par ressembler à son père. Ils paraissaient littéralement calqués les uns sur les autres. Valentina s'amusa à essayer de deviner leur fonction, mais elle renonça rapidement. Non seulement ils étaient parfaitement interchangeables, mais il n'y avait aucun moyen de savoir s'ils étaient dans la lingerie fine, les haricots verts surgelés ou le trafic d'armes.

L'Airbus survolait les Alpes. Il devait déjà se situer au-dessus de la France. À perte de vue, les sommets et les crêtes enneigées se succédaient, dessinant l'une des plus spectaculaires épines dorsales de la planète. Sous le soleil, ce monde blanc et bleu étincelant de pureté semblait féerique. La lumière renvoyée par le manteau de neige qui s'étendait à l'infini était si cristalline qu'on se serait cru au début du monde.

Plissant les yeux, Valentina réussit enfin à s'arracher à ce spectacle éblouissant. Il était peut-être temps de se mettre au travail.

Elle déplia la tablette face à elle et y posa le dossier qu'elle devait étudier. Elle écarta les élastiques des rabats. Au-dessus d'une petite liasse de documents disparates, elle découvrit une enveloppe marquée à son nom. Elle contenait la proposition de contrat dont lui avait parlé Vecchi. La jeune femme parcourut rapidement les premiers paragraphes, jusqu'à tomber sur celui de sa rémunération. Lorsqu'elle lut le montant de son nouveau salaire, elle crut d'abord qu'il s'agissait d'une faute de frappe. Conformément à la loi, la somme était reprise en toutes lettres. Valentina relut le chiffre plusieurs fois, souffla et se renversa en arrière dans son fauteuil. Elle allait désormais gagner plus de six fois ce qu'elle touchait encore le mois dernier.

Son premier réflexe ne fut pas de sauter de joie, mais de se demander ce qu'on allait lui demander en échange d'une pareille somme...

Lorsque, immanquablement, elle en vint à s'interroger sur ce qu'elle allait faire de ce salaire considérable, l'idée de changer de train de vie ne lui traversa même pas l'esprit. Elle aimait l'existence qu'elle menait, et davantage d'argent n'y changerait rien. Elle pourrait demander à Giulia certaines de ses adresses pour aller s'offrir quelques beaux vêtements, et peut-être même ce sac hors de prix qu'elle avait remarqué dans une des boutiques de la via dei Condotti. Pour le reste, elle se voyait déjà faire plaisir à ses proches et mettre de côté pour pouvoir un jour, quand elle aurait des enfants, acheter une maison avec un jardin. C'était le seul luxe que Rome lui avait refusé jusqu'à présent.

Le reste des documents concernait exclusivement McKillin & Son. Valentina feuilleta les relevés comptables sans véritable espoir d'y apprendre du concret. Elle s'attarda davantage sur les notes de synthèse rédigées par les services financiers d'Eccezionale. Il était précisé que le chiffre d'affaires était d'une surprenante régularité, que l'entreprise n'avait contracté aucun emprunt et que sa comptabilité ressemblait plus à celle d'un commerce du XIXe siècle qu'à celle d'une entreprise moderne. Valentina trouva ce détail plutôt sympathique.

Reposant les documents sur le fauteuil voisin, la jeune femme se laissa aller à imaginer à quoi pouvait bien ressembler cette minuscule fabrique de pulls. Le patron était sûrement un vieil Écossais aux doigts usés par les années de labeur sur des machines datant d'avant-guerre. Un bataillon de femmes ayant toutes épousé des gars du pays fabriquaient en papotant des pulls faits de la laine des moutons du coin. Le cliché la fit sourire, mais il était sans doute très proche de la réalité.

Quoi qu'elle découvre, Valentina était décidée à ne pas se comporter comme une actionnaire cruelle ayant droit de vie ou de mort sur ces gens, mais comme une collègue venue de loin, curieuse et respectueuse.

16

Le vol jusqu'à Londres se déroula sans encombre. Valentina attrapa sa correspondance de justesse et redécolla aussitôt vers Glasgow. L'avion qui assurait cette liaison n'était pas exactement du même genre que le précédent. Beaucoup plus petit, moins insonorisé, il tremblait de toute sa carlingue et décrochait régulièrement dans les trous d'air. L'unique hôtesse restait sur son strapontin de service, visiblement inquiète à l'idée que deux passagers puissent la solliciter au même moment.

Coincée entre un étudiant au cou tatoué d'un dragon et une femme assez âgée arborant une immense paire de lunettes imitation écaille qui lui donnait l'air d'une institutrice sévère, Valentina ne pouvait apercevoir par le hublot que l'aile droite de l'appareil. C'est à peine si elle voyait les nombreux nuages sombres qui emplissaient le ciel. Le vol dura heureusement à peine plus d'une heure et la jeune femme poussa un soupir de soulagement en sentant les roues de l'appareil toucher à nouveau le sol.

À Glasgow, la pluie tombait, fine et uniforme, noyant tout dans le gris. En descendant de l'appareil pour rejoindre le bus de transfert, Valentina frissonna malgré son manteau. Il devait faire dix degrés de moins qu'à Rome, et un vent glacial soufflait en rafales. Elle se blottit dans un coin de l'aérogare en attendant le déchargement des bagages. Lorsque sa valise apparut sur le tapis roulant, elle se précipita, l'ouvrit et enfila son pull le plus épais. Francesca avait vu juste : elle n'allait pas tarder à attraper une pneumonie.

Au contrôle des douanes, Valentina présenta son passeport italien. Le douanier britannique dévisagea la jolie jeune femme quelques secondes et la laissa passer. Arrivée dans le vaste hall, elle se sentit soudain désemparée. Ici, elle ne connaissait rien ni personne. Face à elle, parmi les gens qui attendaient les passagers venant de débarquer, elle repéra tout de suite le grand type qui tenait une pancarte en carton sur laquelle était écrit « Eccezionale ».

— *Hello*, fit-elle en s'avançant vers lui. Je suis Valentina Venostra. C'est vous qui devez m'accompagner chez McKillin & Son ?

L'homme sourit et lui tendit la main.

— Bienvenue en Écosse, miss Venostra. Je m'appelle Aidan.

Il la soulagea de sa valise et lui indiqua une porte vitrée qui menait à l'extérieur. Il avait le regard franc, un grand front, des traits anguleux qui laissaient deviner un caractère affirmé. Il tenait le bagage comme s'il ne pesait rien.

— Il n'y a pas beaucoup de monde aujourd'hui, fit remarquer Valentina. C'est un jour férié ?

— Non, c'est toujours comme ça. Et encore, ici, c'est bondé. Attendez d'être chez nous !

Il roulait les *r* et avalait les syllabes. Jusqu'à présent, Valentina avait surtout pratiqué l'anglais avec des interlocuteurs dont ce n'était pas non plus la langue maternelle. Chacun parlait correctement, mais sans trop se préoccuper de son accent, ce qui, paradoxalement, rendait souvent la compréhension plus aisée. Cette fois, elle devait non seulement soigner sa prononciation, mais bien écouter pour comprendre.

Sa voiture, un vieux Land Rover Defender rafistolé de partout, était garée non loin de la sortie du bâtiment. En traversant pour rejoindre le 4 × 4, Valentina se retrouva sous le crachin. Elle fit la grimace et rentra la tête dans les épaules.

— Il fait certainement beaucoup plus beau en Italie, concéda l'homme avec un sourire cordial.

— Beaucoup plus chaud, aussi…

Avec galanterie, Aidan s'empressa de lui ouvrir la portière. Valentina s'engouffra, amusée de constater que le volant était à droite. Pour la première fois, elle se retrouvait comme passagère à la place habituellement dédiée au conducteur. Le dépaysement promettait décidément d'être total.

Aidan était toujours dehors. Bien que ne portant qu'une simple chemise sport de coton, il semblait insensible à la pluie et au vent. Il déposa la valise à l'arrière du véhicule et vint s'installer au volant.

— Je vais mettre le chauffage, dit-il. Vous aurez vite chaud. Nous avons deux bonnes heures de route. J'espère que vous ne serez pas trop fatiguée. N'hésitez pas à me dire si vous voulez faire une pause.

Valentina acquiesça, attacha sa ceinture et se frictionna les épaules pour se réchauffer. Il mit le contact et le moteur ronfla.

— C'est la première fois que vous venez en Écosse ?

— Oui.

— Ne vous en faites pas pour le temps. Ici, ça change vite.

Même avec une canicule historique et une sécheresse de premier ordre, se dit Valentina, l'été d'ici ressemblerait toujours au plus terrible des hivers italiens. Elle se garda bien de faire part de sa réflexion à haute voix et se contenta de sourire.

— Comme je l'ai dit à vos services, annonça Aidan, je vous ai réservé une chambre dans le meilleur hôtel d'Oban. Vous verrez, ce n'est pas un cinq-étoiles, mais les chambres sont propres et très calmes. Je vous en ai pris une qui donne sur la baie.

— Merci.

— Au fait, savez-vous combien de temps vous allez rester ?

— Cela va dépendre. J'ai pas mal de points à étudier. Je ne veux pas déranger, mais il faudra quand même que je rencontre le patron. Quand croyez-vous que je pourrai le voir ?

L'homme dévisagea Valentina et répondit sur un ton amusé :

— Vous pourrez lui parler dès qu'il aura fini de faire le chauffeur pour une ravissante Italienne.

Valentina rougit de confusion et bafouilla :

— Oh, pardon ! C'est vous ? Je suis désolée, j'ai cru que...

— Pas de problème. Ne vous inquiétez pas. Dans une petite entreprise comme la nôtre, chacun doit savoir tout faire.

Valentina ne savait pas comment s'excuser. Les phrases lui venaient moitié en anglais, moitié en italien. L'homme eut un rire simple et dénué de toute ironie.

— Détendez-vous, je vous assure qu'il n'y a aucun problème.

La jeune femme respira profondément et demanda :

— Vous êtes donc le fils McKillin.

— Le petit-fils. Mon grand-père, Angus, a fondé les ateliers avec ses sœurs, quelques femmes de pêcheurs, puis ses filles. Il fournissait le village, les bergers du coin. Mon père, Sean, a repris l'affaire et l'a développée. On a fini par se faire une petite réputation dans la région. Nous avons été les premiers en Écosse à posséder une ligne de machines à tricoter mécaniques. J'ai grandi en jouant à cache-cache dans les balles de laine que les éleveurs nous livraient. Nous nous sommes agrandis peu à peu et voilà de cela six ans, lorsque mon père n'a plus eu la force, j'ai pris sa suite. Ma sœur s'occupe de tout ce qui est administratif, et moi de la production. Mais j'imagine que nos méthodes n'ont pas grand-chose à voir avec les vôtres. Nous sommes minuscules et nos habitudes de travail datent d'un autre âge.

— Vous savez, il n'y a pas de règle. Si nous étions convaincus d'avoir la méthode de fabrication idéale, je ne serais pas là…

17

Contourner Glasgow ne leur prit pas longtemps. Très rapidement, ils quittèrent les ternes faubourgs de la ville, vidés de toute couleur par la pluie, et se retrouvèrent dans des paysages vallonnés parsemés de bois profonds. La route étroite sillonnait entre les reliefs. Après le printemps romain, Valentina avait l'impression de revenir en arrière, vers l'hiver, dans des paysages dont la palette semblait faite uniquement de différents tons de vert et de gris. Lorsque, par moments, le soleil parvenait à percer la couche nuageuse, il projetait alors sur les landes d'immenses taches de lumière, comme des langues d'été qui venaient lécher les sombres collines.

Depuis plusieurs kilomètres, la chaussée longeait un loch aux contours irréguliers et sauvages. L'eau venait jusqu'au pied de l'accotement ; seul un parapet de pierres sèches la séparait du bitume. Ici, l'homme n'avait pas triomphé de la nature comme à Rome, mais avait appris à cohabiter avec. Valentina fut frappée par la taille des arbres, de l'autre côté de la route, et par leur vigueur. À en juger par la végétation luxuriante, le pays ne manquait pas d'eau.

Aidan McKillin conduisait avec souplesse, en regardant droit devant lui. Discrètement, Valentina lui jetait de petits coups d'œil. Ses cheveux châtains étaient coupés très court ; quelques gouttelettes de pluie s'y trouvaient encore. Il était assez séduisant, dans le genre brut. Les joues rasées de près – il avait même une légère entaille sur la gauche, il utilisait sans doute un rasoir mécanique. Des lèvres minces, mais dont le coin semblait prompt au sourire. Des pommettes marquées et un nez droit, qui rappelait un peu celui des empereurs romains. En constatant la largeur de ses épaules et la musculature de ses avant-bras, que laissaient apparaître ses manches roulées, Valentina comprit la raison de sa méprise. Au cours de son parcours professionnel, les hommes de pouvoir auxquels la jeune femme avait eu affaire étaient généralement assez peu physiques. En voyant le corps solide de McKillin, elle l'avait instinctivement considéré comme un homme de terrain, dont l'activité se déroulait loin des bureaux. Dans le monde des affaires, McKillin aurait peut-être pu être un garde du corps ; il n'avait en tout cas rien à voir avec ces petits chefs de service aigris qui régnaient sur les gens comme elle, ou ces dirigeants qui comptaient plus sur la coupe de leurs costumes que sur le sport pour paraître à leur avantage. Rien de commun non plus avec ces citadins qui passaient des heures dans des clubs de fitness pour se sculpter une musculature peu naturelle ; lui devait tenir ses muscles de son mode de vie.

McKillin surprit son regard. Valentina, gênée, détourna aussitôt les yeux.

— Cela vous pose un problème que je sois un jeune patron ? demanda-t-il.

— Pas du tout, s'empressa-t-elle de répondre.

— Je n'ai sans doute que quelques années de plus que vous.

— Je l'ignore.

La jeune femme s'était fermée. McKillin reporta son attention sur la route.

— Excusez-moi, je ne voulais pas être indiscret. En Écosse non plus, cela ne se fait pas de demander son âge à une femme.

Dehors, les forêts défilaient. La route n'en finissait pas de traverser des vallées chaque fois plus profondes. Valentina inspira profondément. Le pays lui plaisait, et elle devait bien s'avouer que l'homme aussi. Pourtant, elle ne parvenait pas à se sentir bien. Si elle s'était trouvée en vacances, elle aurait tout de suite sympathisé avec lui. Son côté direct la déstabilisait un peu, même si c'était somme toute plutôt agréable. Mais les mots de Vecchi lui revenaient sans cesse en mémoire : « Vous représentez Eccezionale, maintenez des rapports courtois mais distants. » Et elle était là, à bafouiller, impressionnée par cet homme qui ne craignait pas la pluie – et sans doute pas grand-chose en général. C'était du moins l'impression qu'elle en avait.

— On est mignons, tous les deux ! plaisanta McKillin.

— Que voulez-vous dire ?

— Vous êtes là pour décider de ce que votre énorme groupe industriel va faire de mon entreprise, et moi je me demande à quelle sauce nous allons nous faire dévorer. Et le comble, c'est que c'est le joli brin de femme qui terrifie le grand costaud. Vous ne trouvez pas cela amusant ?

Valentina eut un petit rire, mais se garda bien de lui avouer qu'elle éprouvait exactement le même sentiment à son égard. Elle appréciait les allusions qu'il faisait à sa beauté, d'une spontanéité candide à laquelle elle n'était plus habituée. Aujourd'hui, il fallait si souvent se montrer réservé dans les rapports entre hommes et femmes que les compliments se faisaient rares...

— Je ne suis pas là pour décider de votre sort, fit-elle remarquer, je ne suis qu'une observatrice.

— Et les grands chefs trancheront ensuite à Rome, c'est ça ?

— C'est ça.

— J'apprécie votre tentative de me rassurer, mais c'est quand même à partir de ce que vous allez leur dire qu'ils prendront leur décision. N'est-ce pas ?

Valentina le regarda dans les yeux sans répondre. Il avait raison. La franchise de son regard gris la troubla. Elle n'y lisait ni arrogance ni agressivité. Elle se détourna.

— Je sais que vous ne faites que votre job, reprit-il, et je ne vous en veux pas. C'est la règle du monde des affaires. Ce que je vous propose simplement, c'est de jouer franc-jeu. Je vous montre tout de notre entreprise, et vous me dites clairement ce que vous comptez en faire.

Valentina approuva d'un hochement de tête. Carré et direct. Elle pourrait peut-être travailler sans être obligée de maintenir cette distance artificielle qui lui pesait déjà. Ce serait un soulagement.

— Il faut que je vous dise une chose, ajouta McKillin. Nous n'avons pas vraiment le profil à être une filiale. Notre fabrique a toujours été gérée par la famille, et cela n'aurait certainement jamais changé sans l'accident de mon grand-père voici plus de trente ans. À l'époque, il dirigeait encore l'affaire et s'occupait de tout. Il est tombé du toit de l'atelier en changeant des tuiles sous la pluie. Mon père était alors trop inexpérimenté pour le remplacer. Moi, je n'avais que trois ans. Nous nous sommes endettés pour conserver l'affaire, et lorsque Grandpa s'est enfin rétabli, les comptes étaient à un niveau catastrophique. Fournisseurs et employés impayés, rien à vendre pour se renflouer. Pendant la guerre, mon grand-père avait connu un homme d'affaires anglais du nom de Jeffrey Asherton. Je ne sais pas lequel avait sauvé la vie de l'autre en combattant les Allemands en Normandie, mais ils étaient restés très amis. Pour nous, c'était un peu un oncle. Asherton a prêté l'argent nécessaire pour redresser et même moderniser les ateliers. En échange, nous lui avons cédé la majorité des parts de l'entreprise. Asherton s'est toujours montré loyal et n'a jamais mis son nez dans nos affaires. À sa mort, les héritiers ont vendu ses parts à un grand groupe de filature anglais, qui lui-même les a revendues quelques années plus tard à Marks & Spencer. La pression des financiers s'est faite de plus en plus forte au fil des ventes successives. Certains ont voulu nous pousser à grandir démesurément, d'autres à délocaliser la fabrication pour augmenter la production, mais nous avons tenu bon. Et vous voilà aujourd'hui. Nous voudrions bien racheter ces parts, mais nous n'en avons pas les moyens. Nous n'avons jamais raisonné en termes de rentabilité financière. Chez nous, on fabrique des pulls de la meilleure qualité possible et on les vend à ceux qui en ont besoin. Nous ne faisons pas de pub, nous ne sommes pas à la mode, la fabrique ne fait vivre que notre famille et des gens du coin, et quelques éleveurs aussi. Vraiment pas de quoi faire la une du *Wall Street Journal*. Vous allez voir, ça va vous changer de vos usines géantes.

Valentina écoutait. Elle était touchée par l'histoire, mais aussi par la façon posée et simple dont McKillin la racontait.

Ils traversèrent un pont de pierre en ogive. En contrebas, un torrent grondait, éclaboussant d'écume les rochers qui crevaient la surface liquide. Aussitôt après le pont apparut un minuscule village aux maisons de granit blotties les unes contre les autres. Les bâtiments aux murs épais ne portaient aucune décoration, réduits à leur simple utilité. Malgré cette austérité, ils paraissaient harmonieux, rassurants. Ces maisons étaient là depuis des siècles, solides et simples – tout sauf des temples romains.

— C'est très joli, ici, commenta Valentina.

— Des villages comme celui-là, il y en a plein l'Écosse. Chez nous, les grandes villes ne présentent pas d'intérêt particulier ; c'est dans la nature que vous trouverez la vraie beauté. Un très ancien dicton écossais dit qu'il faut se perdre pour se trouver.

Regarder les paysages défiler en écoutant McKillin apaisait les angoisses de Valentina à propos de sa mission, au moins pour un temps. La magie du dépaysement, la chaleur de la voiture, la voix grave et plaisante de son chauffeur la berçaient. Elle se laissa glisser dans une confortable torpeur. Pour la première fois depuis longtemps, elle éprouvait quelque chose qui ressemblait à de la sérénité. Elle se demanda quelle part de ce petit miracle revenait à la région, et quelle part était due à l'homme…

18

De la fenêtre de sa chambre, Valentina dominait toute la baie. Le Gallarnoch Hotel était situé sur le front de mer. Au premier plan, un modeste port où mouillaient quelques chalutiers balancés au gré des flots. Un peu plus loin, une île barrait l'horizon de ses collines couvertes de landes vierges. Très bas, des langues de brume s'effilochaient paresseusement au-dessus de la mer, lui donnant une apparence mystérieuse. L'air sentait le sel et les embruns ; les cris des goélands ponctuaient le bruit assourdi de l'activité tranquille du port.

Oban avait beaucoup de charme. Niché au creux d'une large crique que surplombaient des montagnes aux formes érodées par le temps, le bourg s'étirait en un croissant ouvrant sur l'océan. Les maisons s'échelonnaient le long de rues qui remontaient en parallèle sur le flanc des collines, tels les gradins d'un théâtre romain antique qui aurait eu la mer pour scène. Toutes étaient tournées vers le large, vers l'ouest, réfugiées entre la pente abrupte et le flot. Il n'y avait pas de plage, juste une longue jetée au-dessus de laquelle volaient des nuées d'oiseaux blancs.

La chambre était grande et lumineuse, avec un lit double de cuivre recouvert d'un édredon de vraies plumes à gros motifs fleuris. Le rose des fleurs du tissu rappelait celui des rideaux et des entrelacs du papier peint suranné. Une telle avalanche de fleurs aurait donné la nausée n'importe où ailleurs, mais ici, elle ne choquait pas. C'était en accord avec l'image que s'était faite Valentina du goût écossais... et le côté un peu hors du temps de l'hôtel était en harmonie avec les paysages naturels et la petite ville. Tous les aménagements, des poignées de porte aux sanitaires en passant par les interrupteurs en porcelaine, étaient vieillots mais impeccables. Sous la moquette usée, les lattes de parquet grinçaient par endroits. Sur la coiffeuse était posée une bouilloire électrique flanquée d'un pot en faïence blanche rempli à ras bord de sachets de thé et de sucre.

Valentina entreprit de défaire sa valise. Elle rangea ses affaires dans l'unique armoire, près de la minuscule télévision qui trônait dans un angle. Elle déposa ses dossiers, son ordinateur portable et son carnet de notes sur le petit bureau de bois ciré. En vérifiant son téléphone, elle s'aperçut qu'elle n'avait aucun signal. Le symbole en forme d'antenne clignotait sans détecter aucun réseau. La situation encaissée de la ville en était sans doute la raison. La dame de l'accueil lui avait précisé qu'ils avaient théoriquement le wi-fi dans le salon, mais qu'il était assez imprévisible... Il faudrait qu'elle descende pour vérifier ses e-mails. Elle en profiterait pour envoyer un message à Stefano, puisqu'elle ne pouvait pas compter sur les textos. Bon, elle verrait tout cela plus tard.

Valentina se retrouvait vraiment au bout du monde, quasiment injoignable. Cela ne lui déplaisait pas, surtout après ces derniers jours.

Une fois la fenêtre refermée, le calme était absolu. La jeune femme avait rarement éprouvé cette sensation de silence dans une chambre. Elle consulta sa montre. Plus qu'une petite demi-heure avant que McKillin ne vienne la rechercher. Pour faire passer le temps, elle remplit d'eau la bouilloire et la mit à chauffer. Elle fouilla dans les sachets de thé – des tisanes et de l'*English Breakfast*. Elle fit la grimace. Elle trouvait le goût trop fort, mais une boisson chaude lui ferait du bien.

Elle s'assit au bureau. En ordonnant ses documents de travail, tout en sirotant à petites gorgées son mug de thé brûlant, Valentina pointa à nouveau les paramètres qu'elle devait étudier. Elle avait dressé une liste exhaustive des facteurs à évaluer. Elle parcourut les documents comptables. Après ce que lui avait raconté McKillin, ces colonnes de chiffres et toutes ces statistiques sorties d'ordinateurs lui paraissaient encore plus décalées de la réalité et inutiles. Elle rassembla les feuilles avec un soupir et les rangea dans le dossier.

Valentina s'approcha de la fenêtre et appuya son front contre la vitre froide. Elle ferma les yeux. Elle n'avait pas l'intention de reprendre l'avion trop vite. Elle resterait quelques jours, non seulement pour étudier sérieusement le dossier McKillin & Son, mais aussi pour changer d'air.

La corne d'un chalutier retentit dans le port. L'embarcation rentrait d'une journée de pêche, ses cales alourdies de poissons. Des goélands hurlants et quelques mouettes suivaient son sillage. Le soleil avait fini par percer et brillait au-dessus des flots, qui scintillaient de mille feux.

Il fallait descendre : s'il était ponctuel, McKillin serait là dans une minute. Cette fois, Valentina s'était habillée chaudement, gardant le pull qu'elle avait enfilé à son arrivée mais troquant le pantalon de lin et les sandales plates qu'elle portait en quittant Rome pour un jean et des baskets.

McKillin l'attendait dans le hall. Il discutait avec la patronne, une femme d'une cinquantaine d'années trop maquillée et coiffée comme une héroïne de soap américain.

— Votre chambre vous convient ? demanda celle-ci à Valentina avec un accent à couper au couteau.

— Elle est parfaite, répondit la jeune femme.

McKillin la détailla de la tête aux pieds.

— Prête pour la visite ? interrogea-t-il.

— Absolument.

Ils sortirent de l'hôtel ensemble. À l'abri du vent, il faisait bon. Le temps de rejoindre la voiture, quatre personnes au moins avaient salué McKillin.

— C'est un village ici, expliqua-t-il à Valentina, étonnée. Tout le monde se connaît. Et puis, ma famille est là depuis tellement longtemps...

19

Aidan McKillin avait annoncé à Valentina qu'ils n'avaient qu'un court trajet à parcourir pour atteindre la fabrique, puis il s'était tu. Il semblait soucieux. Valentina décida d'aborder un sujet neutre. Elle était intriguée par le curieux monument qu'elle avait pu apercevoir entre les maisons et qui dominait la ville. L'imposant édifice ressemblait à un cirque de la Rome antique, avec son enceinte elliptique percée de hautes ouvertures cintrées. On aurait dit la réplique du Colisée.

— Qu'est-ce que c'est ? demanda-t-elle en désignant la construction à travers le pare-brise.

— *McCaig's Tower*, la tour de McCaig. Ce n'est pas un vestige romain, bien que vos compatriotes aient longtemps été présents en Écosse. C'est John McCaig, un banquier du coin, qui l'a fait construire à la fin du XIXe siècle pour donner du travail aux chômeurs. Il possédait une carrière et tout le monde cherchait du travail, alors il a eu l'idée de leur faire construire ça. Deux cents personnes y ont travaillé pendant trois ans. Ça n'a pas servi à grand-chose d'autre.

— Les gens ont l'air solidaires, chez vous.

— Ce n'est pas une région facile. Le temps est rude, la mer peut être violente. Rien ne pousse si on ne se bat pas contre le vent et les animaux. Les hommes vivent ici parce qu'ils y sont nés, et l'une des premières choses qu'ils apprennent, c'est la difficulté de survivre. Alors ils se serrent les coudes.

Quelques kilomètres plus loin, McKillin quitta la route pour s'engager sur un chemin qui s'élevait vers les hauteurs. Sur le versant exposé au large, il n'y avait pratiquement aucune végétation, mais une fois que l'on parvenait au sommet, l'autre côté apparaissait bien différent. Dans une vue d'ensemble bucolique, Valentina découvrit une petite vallée verdoyante plantée de nombreux bouquets d'arbres – chênes, bouleaux, ormes et hauts pins d'Écosse. En son creux, un ensemble de bâtiments aux toits d'ardoise s'articulait en U.

— Vous voilà arrivée chez vous, plaisanta McKillin.

Au centre, la plus longue des constructions était faite de brique rouge, avec un toit à pente unique comme les usines. Sur son flanc, une haute cheminée circulaire montait vers le ciel. De la fumée s'en échappait. De chaque côté, des maisons et dépendances massives encadraient une cour pavée au milieu de laquelle se dressait un immense chêne au tronc noueux.

— C'est ici que tout se fait, expliqua McKillin en garant la voiture. J'habite dans la maison de gauche, ma sœur dans celle de droite. Là-bas, c'est la grange où nous stockons la laine brute avant de la laver et de la transformer.

— Vous faites vos pulls de A à Z ?

— Nous sélectionnons les toisons des moutons sur pied. À la tonte, nous récoltons la laine et nous la nettoyons, puis elle est cardée et filée. Je sais que les filatures italiennes sont réputées pour être parmi les meilleures, mais à notre échelon, on se défend ! Ensuite, les pièces des pulls sont tricotées mécaniquement, puis chaque vêtement est assemblé à la main. Entre le moment où le mouton est tondu et celui où vous pouvez enfiler le résultat, il s'écoule quelques semaines. Mais nous produisons surtout l'été, avec la laine de printemps, la meilleure. L'automne est notre grosse saison de vente.

Ils descendirent de voiture.

— À cette heure-ci, les employés sont partis. Chez nous, on commence tôt et on finit vers 17 heures. Chacun est à peu près libre de s'organiser tant que cela ne nuit pas aux autres postes. Vous verrez l'équipe en action demain.

Il se dirigea à grands pas vers le bâtiment principal. Il abaissa la poignée d'une large porte métallique, qu'il ouvrit d'un geste puissant.

— Entrez, invita-t-il.

L'intérieur du bâtiment de brique était plongé dans l'obscurité. Valentina mit quelques instants à identifier le parfum qui flottait, une odeur rude, un mélange de suint et de graisse de machine. McKillin se dirigea vers une armoire électrique. Une à une, il alluma les rampes de néon qui, du haut de la charpente métallique, éclairaient l'ensemble de l'atelier.

— Profitez du silence, conseilla-t-il, parce que lorsque les machines sont en fonction, on ne peut plus s'entendre. C'est un enfer de cliquetis, de bruits de soufflets et d'engrenages.

Valentina déambula entre les machines. Elles étaient toutes peintes en noir mat, sur lequel seule se détachait la marque du fabricant gravée sur des plaques en cuivre ouvragées. Au-dessus des alignements d'aiguilles mécaniques, les fils déroulés d'énormes bobines de laine écrue étaient figés dans leur mouvement. Valentina avait l'impression de se promener dans la vieille photo sépia d'un atelier du siècle dernier.

— Alors ? demanda McKillin. Qu'en pensez-vous ?

Le regard de Valentina se perdait dans les recoins, parcourait les postes de travail sur lesquels étaient parfois collés une photo personnelle ou un dessin d'enfant.

— C'est émouvant, dit-elle. Si mes patrons voyaient cela, ils trouveraient probablement que cela ressemble à un musée. Moi, j'aime bien. Il y a une atmosphère particulière. Ça ne vous ennuie pas si, demain, je fais quelques photos ?

— Aucun problème, tout est à vous. Vos patrons pourront s'en rendre compte, et je sais que tout cela ne vaut pas bien cher en Bourse.

McKillin disparut derrière un alignement de rayonnages sur lesquels étaient disposés des cartons. Valentina l'entendit fouiller. Il revint avec un pull plié et enveloppé dans un sachet de plastique transparent.

— Tenez, dit-il. Ce doit être votre taille.

Valentina saisit le vêtement.

— Merci beaucoup, dit-elle, sincèrement touchée de l'attention.

Elle le déballa aussitôt. Conditionnée par des années de pratique professionnelle, la jeune femme posa le vêtement sur son bras gauche et le caressa de sa main libre. La texture était assez rugueuse, la couleur écrue naturelle. Le pull était épais, le tissage du brin de laine portait çà et là de petites irrégularités qui attestaient d'un travail véritablement artisanal. Le vêtement pesait lourd. Valentina le porta à son nez, respira. Une odeur brute, rappelant aussi celle de l'atelier. Les finitions étaient parfaites, aucune machine ne pouvait faire aussi bien.

— Alors, quel est le verdict du contrôle qualité ? plaisanta McKillin.

— Il y a assez de laine dans celui-là pour en faire dix des nôtres. On doit pouvoir le garder toute une vie.

— Je suis heureux de vous entendre dire ça – même si je ne vous l'ai offert que pour vous faire plaisir.

Une nouvelle fois, Valentina s'était méprise. Cette fois, elle ne perdit pas contenance et se rattrapa :

— Désolée, c'est plus fort que moi. Dès que je touche un pull, les vieux réflexes ressurgissent.

Elle examina le vêtement en le tenant à bout de bras devant elle. À nouveau, elle fut surprise par le poids.

— Il devrait m'aller, dit-elle. Je le porterai dès demain.

— Avec ça, vous ne sentirez plus le froid. Vous aurez sur le dos trois générations d'expérience, de la sélection des laines à l'assemblage. Du temps de mon père, seuls les hommes en portaient. Aujourd'hui, même les femmes les ont adoptés. Vous verrez, dit-il en désignant les machines, nos employés sont des gens simples, souvent les enfants de ceux qui travaillaient pour mon père. Ici, pas de licenciements, pas de plans sociaux. C'est un peu une famille.

Quand vint le moment de ressortir, McKillin éteignit toutes les lumières, laissant l'atelier retourner à son obscurité. Dehors, le jour déclinait lentement. Dans le ciel, les nuages s'étiraient comme des écheveaux de laine rougis par le couchant. Valentina n'avait jamais vu pareille gamme de couleurs. On oublie souvent le ciel, dans les villes.

Elle franchit la grande porte en contemplant le spectacle céleste. Soudain, du coin de l'œil, elle aperçut une silhouette qui avançait vers elle. Elle tressaillit. Une femme, sans doute autour de la trentaine, la fixait, le regard dur. Valentina eut un sourire crispé.

— Bonsoir, lui dit l'inconnue d'une voie froide.

— Bonsoir, répondit Valentina. Je suis envoyée par Eccezionale…

— Je me doute bien de qui vous êtes, répliqua l'autre sèchement.

Elle était assez grande, ses cheveux aux reflets roux noués en une longue et épaisse tresse. Valentina supposa qu'il s'agissait de la femme de McKillin.

— Votre mari arrive tout de suite, déclara-t-elle en pensant arranger les choses. Nous venons de visiter les ateliers et il éteint les lumières.

— Mon mari est mort depuis trois ans, rétorqua la femme. Ça m'étonnerait qu'il fasse quoi que ce soit.

— Oh, je suis désolée, s'excusa Valentina, de plus en plus mal à l'aise.

Elles restèrent un instant face à face dans un silence pesant. McKillin arriva enfin, au grand soulagement de Valentina.

— Bien ! s'exclama-t-il. Je vois que vous avez fait la connaissance de Sarah, ma petite sœur.

— Nous venons juste de nous rencontrer, précisa Valentina, gênée.

— Pour ce qui est de l'administratif, reprit-il, c'est avec elle qu'il faudra voir. C'est la spécialiste de la paperasse.

— Mais nous verrons cela demain, coupa Sarah, parce que pour ce soir, la spécialiste a terminé sa journée.

Puis, s'adressant à son frère, elle ajouta :

— Tu viens dîner ?

— Je vais d'abord raccompagner Mlle Venostra en ville.

Il hésita, puis ajouta :

— Peut-être même que je vais lui proposer de dîner avec moi, à moins qu'elle ne préfère être seule, ce que je comprendrais très bien.

L'invitation surprit Valentina. Même si, spontanément, elle aurait accepté avec plaisir, elle se doutait que cela n'améliorerait pas ses rapports avec Sarah. Elle préféra décliner, prétextant la fatigue du voyage.

— Alors ce sera pour une autre fois, commenta McKillin en s'inclinant.

20

Durant tout le trajet de retour, Valentina se mordit les lèvres d'avoir refusé. Si Sarah n'avait pas été là, elle aurait seulement été obligée de faire preuve de réserve pour masquer son enthousiasme. Bien qu'elle ne connaisse Aidan McKillin que depuis quelques heures, elle appréciait sa compagnie. Il était comme ces maisons d'Écosse, solide et sans fioritures. À travers le peu qu'il laissait entrevoir de lui, on devinait un homme capable de chaleur et d'empathie.

Le temps qu'ils arrivent en ville, la nuit était tombée. Du perron de l'hôtel, elle fit un petit signe d'au revoir à la voiture qui repartait. Quand les feux arrière eurent disparu au premier virage, elle se sentit soudain bien seule. Elle se secoua. Mais qu'est-ce qui lui prenait ? Elle était là pour bosser, et voilà qu'elle se laissait amollir par le charme écossais !

La perspective de finir la soirée seule dans sa chambre devant la télévision ne la tentait pas du tout. Elle décida de profiter de son voyage pour faire quelques pas dans la ville.

En cette saison, les touristes n'étaient pas arrivés. Les rares personnes encore dans la rue malgré la nuit marchaient d'un pas décidé, sachant toutes où elles allaient. Valentina remonta la jetée. Au loin dans la baie, les balises vertes ou rouges clignotaient. Les oiseaux s'étaient tus et le vent était tombé. De temps en temps, elle percevait les effluves de la mer. Enjambant les anneaux d'amarrage rouillés scellés dans le quai, Valentina s'approcha pour voir l'eau de près. En contrebas, les vagues d'encre léchaient la pierre avec un léger bruissement. Elle entreprit de longer le port, traversant ponctuellement les ovales de lumière des réverbères.

Frissonnante, la jeune femme s'arrêta et regarda la baie sombrer dans une obscurité épaisse. Cette fois-ci, Valentina le sentait, elle allait déprimer.

Elle essaya de se raisonner, de se convaincre qu'enfin elle avait là l'occasion de réfléchir à sa vie. Une drôle de sensation lui nouait la gorge. Ici, loin de ses habitudes et des siens, elle était remuée jusqu'au tréfonds d'elle-même. En prenant du recul, en s'éloignant de son quotidien, elle se découvrait presque malheureuse de son existence. Et cela lui faisait peur. Elle s'efforça de se reprendre : elle subissait certainement le contrecoup des bouleversements de ces derniers jours, du voyage, et de l'isolement, aussi. Pourtant, elle se rendait compte qu'elle n'aurait préféré passer la soirée ni avec ses parents, ni avec Stefano, ni même avec ses amies. Non, ce qu'elle aurait voulu, c'était aller dîner avec Aidan McKillin. Elle ne pouvait s'empêcher d'en éprouver de la culpabilité. Elle aurait dû, étant seule, penser à son fiancé – faire de cette idée une réalité lui demandait encore un effort. Elle avait un peu honte, mais elle n'y pouvait rien. Ici plus qu'ailleurs, elle pressentait qu'elle aurait du mal à se mentir.

21

Lorsque la voiture d'Aidan McKillin se gara devant l'hôtel, Valentina était déjà prête depuis plus d'une heure. Profitant du décalage horaire, elle avait eu le temps de gérer ses e-mails avant même de prendre son petit déjeuner. Elle avait aussi envoyé un bref message à Stefano – « Je suis bien arrivée, tout va bien, je t'embrasse. » Elle n'avait pas eu envie de s'étendre davantage.

Lorsqu'elle s'était retrouvée devant une assiette de bacon frit posé sur un œuf au plat cerné de haricots blancs sauce tomate, elle avait eu un haut-le-cœur. Elle s'était rabattue sur les muffins tièdes tartinés d'un peu de confiture.

Quelques minutes avant l'heure du rendez-vous, elle sortit attendre sur le perron. Elle portait le pull que McKillin lui avait offert la veille, et il lui allait remarquablement bien. La teinte écrue chinée faisait ressortir sa peau hâlée et le brun sombre de ses cheveux, et son pantalon slim couleur marron glacé valorisait sa silhouette en offrant un contraste élégant avec l'aspect brut de la laine et la ligne un peu ample du pull.

Discrètement, elle guettait la route pour voir venir le Land Rover. Dès qu'elle l'aperçut, elle fit comme si de rien n'était et prit un air pénétré pour contempler la baie. Son cœur battait plus vite.

McKillin se gara et descendit de la voiture avec entrain. En guise de bonjour, il désigna le ciel d'un bleu limpide.

— Vous voyez, lança-t-il, je vous avais prévenue pour le temps, mais vous avez bien fait de mettre votre pull, parce qu'il va y avoir du vent.

Valentina descendit les quelques marches pour venir à sa rencontre.

— Alors, bien dormi ? demanda-t-il.

— Je me suis écroulée. C'est sûrement l'air marin.

— J'espère que vous avez passé une bonne soirée. Je me suis dit après coup que j'avais oublié de vous conseiller un pub ou un resto. Ça a été ?

— Je me suis promenée un peu, et puis je suis allée manger un morceau au grand pub là-bas, celui avec l'enseigne à tête de lion et la devanture toute noire.

— Chez McTavish ?

— C'est ça.

— C'est un piège à touristes. La prochaine fois, je vous donnerai les bonnes adresses. J'espère que les gars ne vous ont pas manqué de respect parce qu'en général, avec les jolies filles, ils ne se gênent pas…

McKillin leur avait préparé un programme chargé. Il comptait d'abord emmener Valentina voir un éleveur à quelques kilomètres au nord de la ville. La route était défoncée par les ravinements de l'hiver, mais le 4 × 4 les encaissait sans broncher. En dehors de l'écrin protecteur de la baie, la végétation était soumise à tous les vents. Même les troncs des arbres les plus imposants poussaient en biais, comme s'ils cherchaient à fuir la mer et ses redoutables rafales. Hors de la ville même, les maisons étaient rares. Au milieu de pâturages parsemés s'éparpillaient des fermes et quelques granges. Des bois surtout, et des landes où paissaient des moutons à tête et pattes noires.

Sur la route, les rencontres ne furent pas nombreuses. Ils s'engagèrent bientôt sur un chemin recouvert de pierres concassées. Le Land Rover était secoué mais McKillin ne semblait pas décidé à ralentir.

Au détour d'un petit bois de chênes, la vue s'ouvrit soudain sur une modeste ferme posée au milieu de nulle part. L'unique bâtiment bas semblait s'arc-bouter pour résister aux assauts du vent. Le long de la façade abritée était garée une vieille Vauxhall. Devant la porte, un border collie attaché à une chaîne aboyait. McKillin s'arrêta au plus près et descendit. Aussitôt qu'il l'eut aperçu, le chien remua la queue et lui fit la fête.

— Vous n'avez pas peur des chiens ? demanda Aidan.

— Non, ça va…

— Avec celui-là, vous risquez seulement de vous en sortir avec des traces de pattes. Il saute pour jouer. Mais avec les moutons, c'est une autre histoire. Un vrai pro ! Il a déjà gagné deux fois le championnat des chiens de berger du district.

La porte de la maison s'ouvrit sur un homme de petite taille. Il portait un pull semblable à celui de Valentina, mais qui paraissait avoir beaucoup vécu et s'était déformé avec le temps jusqu'à épouser parfaitement son torse large. McKillin le salua et s'approcha pour faire les présentations.

— Voici Doug McAllister, un de nos principaux fournisseurs de laine et un ami de longue date.

Valentina lui serra la main. L'homme avait la poigne ferme, la paume calleuse. Il leva vers la jeune femme un regard bleu légèrement voilé, comme passé par le soleil et le vent.

— Mlle Venostra est arrivée de Rome hier pour voir comment nous travaillons, précisa McKillin. Tu permets qu'on aille jeter un œil au troupeau ?

— Tu connais le chemin, vas-y donc. On est en panne d'eau chaude. Si je m'en sors, je vous rejoins. Sinon, passez prendre quelque chose au retour…

Il leur fit un signe de la main et referma la porte. McKillin contourna la ferme et entraîna Valentina sur un petit sentier herbeux. De chaque côté, le talus était envahi de hautes herbes folles qui ondulaient dans le vent. Devant eux, à perte de vue, s'étendait la prairie. Ils se trouvaient sur le plateau nord d'Oban et pour voir la ville, il leur aurait fallu s'approcher des falaises qui dominaient la baie. Le vent rabattait obstinément les longs cheveux de Valentina sur son visage. Voyant qu'elle les tenait à la main en permanence, McKillin fouilla dans ses poches et en sortit un bout de ficelle.

— Tenez, dit-il, avec ça vous pourrez les attacher.

Valentina se débrouilla pour les rassembler en queue de cheval et les noua avec le lien de fortune.

— Merci, dit-elle. Je n'ai même pas apporté de barrette.

Ils continuèrent leur marche jusqu'à ce que la ferme ne soit plus qu'un petit rectangle gris au milieu du vert sombre de la prairie, loin derrière eux.

— C'est ici que tout se joue, expliqua McKillin. Parce que les moutons grandissent à leur rythme et en complète liberté, leur laine est d'une qualité sans équivalent. On trouve là une parfaite combinaison entre des conditions climatiques sévères qui obligent l'espèce à développer des laines épaisses et résistantes, et un environnement végétal qui leur assure une alimentation optimale. Dans pratiquement toute l'Écosse, la race de moutons dominante est celle des Scottish Blackfaces, les « têtes noires ». Regardez, on commence à en apercevoir.

Effectivement, dans la direction que pointait McKillin, Valentina distingua quelques taches blanchâtres disséminées dans l'immensité verte.

— Pour trouver une qualité de laine similaire, il faut aller dans la cordillère des Andes, en Amérique du Sud. Dans toute l'Europe, vous ne trouverez pas mieux qu'ici.

Valentina suivait ses paroles avec beaucoup d'intérêt, à la fois passionnée par le propos et par l'homme. Elle connaissait de son métier uniquement le côté création et transformation ; jamais encore elle n'avait eu l'occasion de découvrir de visu la base, la fabrication de la matière première. McKillin ponctuait son exposé de gestes amples, caressant l'herbe, ramassant un lambeau de laine accroché à un chardon pour lui faire découvrir chaque détail. Il avait de grandes mains puissantes qui, loin d'être sans finesse, se mouvaient avec élégance. Parfaitement dans son élément, il semblait aussi insensible au vent qu'à la pluie. Alors que Valentina tressaillait sous la morsure du souffle, lui continuait ses explications. Seul le col de son blouson entrouvert s'agitait dans les bourrasques les plus fortes.

— Le secret, affirmait-il, c'est de ne pas trop nettoyer la laine après la tonte. La plupart des fabricants la nettoient beaucoup trop, ce qui la fragilise. Les détergents rendent les fibres cassantes. Le suint doit être éliminé parce que son odeur est désagréable, mais il faut laisser un peu de lanoline naturelle pour conserver son rôle protecteur. Le vêtement est alors beaucoup plus résistant et il garde un toucher brut, naturel. Son parfum est aussi plus prononcé, il ne sent pas la teinture chimique comme tous ces pulls qu'on trouve partout.

Il se rendit compte que ce qu'il venait de dire concernait particulièrement Eccezionale.

— J'espère que vous ne m'en voulez pas d'être franc, s'excusa-t-il.

— Non, absolument pas. Je suis assez d'accord avec vous.

Ensemble, ils parcoururent une bonne partie du plateau. À leur approche, les moutons à l'épaisse toison bouclée levaient la tête pour les observer, les oreilles tournées vers eux sans cesser pour autant de mastiquer, puis s'enfuyaient pour aller paître plus loin. Les bêlements d'alerte des brebis poussaient les petits à les rejoindre au plus vite, et tandis que mères et agneaux s'éloignaient au trot, les béliers surveillaient les intrus de leurs yeux saillants sous leurs magnifiques cornes en spirale. Valentina s'étonna :

— Les brebis aussi ont des cornes ?

— Chez les Blackface, oui, comme les moutons sauvages. C'est une race extrêmement robuste, ils peuvent passer tout l'hiver dehors sans problème. Elle s'est vraiment développée ici, on en a retrouvé la trace dans des écrits monastiques dès le XIIe siècle.

Aidan McKillin n'était pas d'un naturel bavard, et pourtant, parler à Valentina lui était facile. Il aimait expliquer tout ce qu'il savait à cette quasi-inconnue. Il ne perdait pas de vue qu'elle était là pour des raisons professionnelles et qu'elle était potentiellement dangereuse pour lui et ses affaires, mais il appréciait son regard direct, son intérêt pour ce qu'il lui disait. Elle avait des yeux très bleus, ce qui l'avait surpris – il pensait, sans savoir pourquoi, que toutes les Italiennes avaient les yeux sombres. Mais ils n'avaient rien de froid. Par contre, elle était aussi mate de teint qu'il l'avait imaginée. Aucune des filles qu'il connaissait n'avait une peau si veloutée. Et il aimait beaucoup cette mèche qui, échappée de sa queue de cheval, lui barrait le visage, et qu'elle s'efforçait machinalement d'écarter de ses yeux.

Lorsqu'ils remontèrent dans la voiture et se retrouvèrent dans l'habitacle, l'absence soudaine de vent fit à Valentina un drôle d'effet. Ses oreilles bourdonnèrent. Ainsi coupée du souffle, à l'abri des vitres du véhicule, elle avait chaud. Valentina retira son manteau.

— Et maintenant, annonça McKillin, je vous invite à déjeuner. Ensuite, on ira voir l'unité de filature, et l'atelier en activité.

22

Le déjeuner fut un pur moment d'horreur. Le *Scotch broth*, une spécialité locale d'agneau cuisiné avec des légumes, des pois secs et de l'orge, bien que riche et plutôt lourd, n'était pas en cause. C'est Sarah McKillin qui en portait toute la responsabilité. Elle s'était montrée désagréable d'un bout à l'autre du repas. Son frère avait tout essayé pour inverser la tendance, mais quel que soit le sujet abordé, elle sabrait la tentative à coups de remarques froides, ironiques, souvent à la limite de l'impolitesse. Elle n'avait modéré ni son animosité ni sa mauvaise volonté.

Convaincue que sa qualité de représentante d'Eccezionale justifiait ce comportement, Valentina culpabilisait. Elle pouvait comprendre que Sarah déteste voir son entreprise jugée et peut-être même revendue par des étrangers. Courageusement, elle essaya donc de s'expliquer et d'aborder le sujet sainement, mais se heurta à un mur. Aidan bouillait. Il était clair qu'il prenait sur lui pour ne pas exploser devant

Valentina. La bonne volonté de la jeune femme s'était peu à peu usée face à une Sarah résolument butée, et chacun avait fini par terminer son assiette en silence dans une ambiance glaciale.

À peine Valentina s'était-elle échappée de chez Sarah qu'Aidan McKillin lui avait présenté ses excuses pour sa sœur. Valentina l'avait assuré que ce n'était rien, s'efforçant de lui dissimuler combien ce comportement l'avait peinée. Même lors des différends qu'elle avait pu avoir avec les créateurs ou les fournisseurs à Rome, jamais leurs désaccords ne l'avaient atteinte à ce point. Elle avait connu des situations tendues, mais pas aussi brutales.

Elle inspira profondément et pressa le pas pour rester à la hauteur de McKillin.

L'atelier de filature se dressait un peu à l'écart des habitations, derrière un petit bois, tout près de la grange qui servait à stocker la laine. À l'intérieur, quatre personnes « nourrissaient » des machines à carder : la laine vierge déjà nettoyée et séchée tombait en petites boules entre de grandes planches hérissées de pointes de métal qui démêlaient les fibres. Prises dans les va-et-vient de ces peignes géants, elles étaient étirées et ordonnées, puis passaient entre des cylindres, et étaient enfin progressivement roulées pour devenir une mèche de moins en moins ébouriffée, un fil grossier. À l'autre extrémité de l'atelier, des machines différentes régularisaient encore le fil pour en faire des écheveaux puis des bobines qui partaient directement sur les unités de tricotage.

L'intérêt de la visite réussit à atténuer quelque peu le malaise de Valentina, sans toutefois le lui faire totalement oublier. Elle prit méthodiquement des photos des installations, mais, contrairement à son habitude, elle posa peu de questions.

Lorsque McKillin proposa à la jeune femme de rejoindre l'atelier de confection entrevu la veille pour l'observer en fonctionnement, celle-ci accepta. Les deux bâtiments étaient distants de quelques centaines de mètres. Il fallait traverser une petite futaie et un jardin potager. McKillin marchait devant, plongé dans ses pensées. Soudain, il pivota sur lui-même pour faire face à Valentina.

— Je ne sais pas ce qui lui a pris, dit-il en secouant la tête.

— Vraiment, ne vous inquiétez pas, répondit poliment Valentina. Je sais que vous n'y êtes pour rien.

— C'est la première fois qu'elle se comporte ainsi. Je sais qu'elle n'a pas un caractère facile et que sa vie n'a pas toujours été rose, mais elle n'était jamais allée aussi loin.

— Elle redoute peut-être ce qui se décidera après ma visite.

— Probablement, mais cela n'excuse rien. Elle vous fusillait du regard. Comment a-t-elle pu ? Vous êtes si...

McKillin s'approcha de la jeune femme. Il la dominait d'une bonne tête et son attitude disait à la fois sa colère contre Sarah, l'incompréhension face à sa conduite, et sa gêne vis-à-vis de Valentina.

— Vous ne méritez pas cette agressivité, maugréa-t-il, la mâchoire serrée. Depuis votre arrivée, vous avez constamment fait preuve de tact, de bienveillance. Honnêtement, je m'attendais à voir débarquer un petit requin en costume venu pour évaluer la carcasse de la bête avant de l'achever. Et je vous ai découverte. Vous écoutez, vous semblez prendre à cœur ce qui nous arrive. C'est une chance inespérée pour nous. Non seulement ma sœur est injuste humainement, mais en plus elle est irresponsable professionnellement.

Valentina fut touchée que McKillin la défende ainsi, mais elle ne voulait pas être la cause d'une discorde dans sa famille.

— Ne vous fâchez pas contre elle, dit-elle, apaisante. Vous l'avez dit vous-même, votre sœur n'a pas eu une vie facile. Hier, lorsque je l'ai rencontrée, je l'ai d'abord prise pour votre femme. Je l'ai sans doute blessée. Elle m'a dit que son mari était mort depuis trois ans. Peut-être ne m'a-t-elle pas pardonné cette maladresse ?

McKillin se passa nerveusement la main dans les cheveux.

— Je vous remercie d'essayer de la défendre, mais moi je n'y arrive pas. À partir de maintenant, miss Venostra, si vous avez besoin de consulter des documents sur notre entreprise, je m'occuperai personnellement de les lui demander pour vous éviter d'avoir à subir encore son sale caractère.

McKillin était vraiment furieux. Son visage était plus dur, ses lèvres pâles. Il avait des gestes nerveux, saccadés, qui tranchaient sur son calme habituel. Il souffla bruyamment.

— Bon, finit-il par trancher d'un ton sans appel, nous allons voir cet atelier et ce soir, je vous emmène dîner, rien que nous deux !

Il se rendit compte que sa proposition avait des allures de convocation et ajouta, un peu confus :

— Enfin, si vous en avez envie...

Valentina eut un sourire qui balaya tous ses doutes.

— Avec plaisir !

Examiner l'atelier en activité révélait une autre facette de la petite fabrique familiale. Les ouvrières qui veillaient au bon fonctionnement des antiques machines la saluaient aimablement quand Valentina venait les regarder de plus près, mais sans échanger un mot – la jeune femme ne voulait pas les déranger et de toute façon, le vacarme empêchait de s'entendre autrement qu'en criant. Ce dont Valentina s'abstint, doutant de sa capacité à se faire comprendre en hurlant, entre son accent italien et leur écossais…

Si loin de chez elle, de tout ce qu'elle connaissait, Valentina se sentait curieusement hors du temps. La journée réservait décidément bien des surprises. La jeune femme passait d'une émotion extrême à l'autre, à un point qu'elle n'avait jamais connu dans sa vie. Chaque moment engendrait de nouveaux sentiments à un rythme effréné. Chaque situation, chaque rencontre la faisait réagir avec une intensité épuisante. En une heure, elle en éprouvait davantage qu'en une semaine de sa vie habituelle. Il lui semblait être là depuis des jours. Elle se sentait tour à tour libre, confuse, mal à l'aise, légère, heureuse de découvrir, curieuse ou même à fleur de peau comme une adolescente. Tout cela était nouveau pour elle. Mais quels que soient ses états d'âme, ici, elle était vivante.

Dans l'après-midi, elle prit le temps d'étudier chacun des stades de la fabrication. Elle prenait des notes sur un petit carnet. Cette première approche lui permettrait d'organiser son planning pour les jours suivants. Elle suivait Aidan McKillin pas à pas. À vrai dire, elle l'observait, lui, autant que son entreprise. À plusieurs reprises, il disparut pour régler des détails, la laissant seule. Valentina se sentait bien moins à l'aise sans lui, plus timide, plus petite. Alors elle se faisait discrète et continuait son travail, attendant qu'il réapparaisse. Sa présence avait beau être parfaitement justifiée, elle avait un peu de mal à se faire à sa fonction d'audit, et elle le voyait revenir avec soulagement. Confusément, elle sentait en lui un allié en ces terres inconnues.

23

La nuit était tombée beaucoup plus vite qu'elle n'aurait dû. Les énormes nuages gris ardoise chargés de pluie avaient plongé Oban dans l'obscurité avec une bonne heure d'avance. Le vent soufflait avec virulence et ramenait des paquets d'eau de mer jusqu'au-delà du quai. Dans la baie, pourtant abritée du large, les chalutiers dansaient sur les vagues de velours sombre, difficilement retenus par leurs amarres tendues. En ville, les rues étaient désertes. Les commerces avaient depuis longtemps baissé leur rideau. En surplomb de la cité, la montagne dressait son ombre menaçante. L'obscurité était telle que l'on ne distinguait même plus la silhouette du cirque romain. Pourtant, Valentina se sentait légère et heureuse.

McKillin marchait à ses côtés, la tête rentrée entre les épaules. Il avait relevé le col de son blouson. De son corps, il la protégeait un peu du vent du large. Dans toutes les rues, même les moins exposées, les bourrasques venues du port se faufilaient, malmenant tout ce qui n'était pas solidement fixé.

— Même pour nous, c'est un sale temps, concéda-t-il.

— De mon point de vue d'Italienne, ce serait plutôt la fin du monde ! répliqua Valentina.

— Une chance que le vent ne se soit pas levé plus tôt, sinon certains bateaux se seraient fait coincer en mer. Les tempêtes sont fréquentes par ici. On ne se rend pas bien compte dans la baie parce que l'on est abrité par Kerrera, l'île que vous voyez là-bas en face, mais au-delà, c'est l'enfer. Des creux qui peuvent atteindre plusieurs mètres, avec des rochers qui vous guettent de partout. Le dernier accident date de janvier. Quatre pêcheurs y sont restés.

— N'est-il pas possible de prévoir ces coups de vent ?

— Si, bien sûr, mais si on devait attendre d'être certains qu'il n'y en aura pas pendant les huit prochaines heures, les bateaux ne sortiraient que deux fois par an. Alors tout le monde prend le risque, et on espère ne jamais entendre la sirène d'alerte.

Valentina fit une grimace silencieuse. Elle imaginait difficilement ce que c'était que de vivre avec la mer.

McKillin s'arrêta devant un bâtiment qui ressemblait à une simple maison d'habitation. Rien ne la distinguait de ses voisines. Il n'y avait ni enseigne, ni menu affiché. Il poussa la porte de bois peinte en vert sapin sans frapper et s'écarta pour laisser passer Valentina.

— Ici, c'est tranquille et c'est bon, déclara McKillin. Aucun touriste ne vient jamais, il faut connaître. Je suis sûr que vous avez aussi ce genre d'endroits à Rome…

Valentina pénétra à l'intérieur. Il faisait bon dans la salle. Les lampes marines de cuivre jetaient une lumière chaleureuse sur le parquet sombre aux lattes usées par le temps et les murs couverts d'un papier sombre à relief. L'endroit était plus vaste qu'on ne l'aurait soupçonné de l'extérieur, et bondé. Autour d'une dizaine de grandes tables de bois brut patiné par le temps, des hommes et des femmes étaient installés, dînant et buvant dans une ambiance conviviale. Valentina ne comprenait pas un traître mot de la langue qu'ils parlaient. Décontenancée, elle se tourna vers McKillin, qui devança sa question.

— Ici, on parle écossais, pas anglais, lui glissa-t-il.

Derrière le bar, le patron, un homme dégarni et corpulent ceint d'un tablier noir, leur sourit tout en tirant un bock de bière mousseuse.

— Salut, McKillin ! Ça faisait une paye qu'on ne t'avait pas vu !

Il salua Valentina avec la même bonhomie.

— Vous voulez être tranquilles, au fond ?

Aidan approuva. Le patron leur indiqua du geste une petite table dans le coin le plus reculé de la salle.

— Là-bas, dit-il, personne ne vous embêtera, et vous serez à l'abri des éclats de verre quand la bagarre éclatera.

Il fit un clin d'œil appuyé à Valentina.

— S'il te plaît, Doug, ne fiche pas la trouille à mon actionnaire principale, intervint McKillin. Trouve-nous plutôt la carte.

— Ton actionnaire ! s'exclama le bonhomme. Eh bien si la petite dame est actionnaire, je suis volontaire pour subir une O.P.A. !

L'homme leur tendit un menu plastifié en rigolant.

— Il ne faut pas lui en vouloir, justifia McKillin en leur frayant un chemin jusqu'à leur table. Les gens d'ici ont tendance à en faire un peu trop avant le début de la saison. Quand ils auront passé quatre mois à voir défiler des touristes, ils seront calmés.

McKillin tira sa chaise et ôta son blouson, qu'il suspendit au portemanteau tout proche, parmi les coupe-vent et les grosses vestes de tweed des autres clients. Valentina remarqua qu'il s'était changé pour elle. Il arborait une chemise bleu marine à la coupe classique, impeccablement repassée, qui soulignait sa carrure. Il la portait avec une élégance nonchalante qui n'avait rien d'affecté.

Sous le plastique des menus, les feuilles n'étaient pas neuves et les prix avaient été modifiés à coups de correcteur.

— Vous pouvez toujours goûter le plat national écossais, le haggis, suggéra McKillin, mais je ne suis pas certain que ça vous plaise. C'est de la panse de brebis farcie. Vous prenez les abats, vous les hachez, les fourrez dans une panse vidée avec de la farine d'avoine et des oignons, et vous faites bouillir. Le monde entier croit qu'on mange ça tous les jours, mais c'est faux. Le goût est assez... particulier. Surtout qu'ici, ils le font à la manière traditionnelle, en hachant gros...

Valentina fit une moue dégoûtée. McKillin ajouta avec un sourire malicieux :

— Chez nous, on raconte qu'on a inventé le whisky pour pouvoir en manger sans être malade... Je vous conseille plutôt les poissons ou les fruits de mer. Ils sont pêchés du jour et la femme du patron les cuisine comme personne.

— Je vous fais confiance, fit Valentina. Choisissez et je prendrai la même chose.

Elle referma sa carte et observa la salle. Au-dessus du bar était accrochée une tête de sanglier naturalisée, ses petits yeux de verre posant sur les consommateurs un regard placide. Un immense drapeau écossais, une croix blanche sur fond bleu roi, recouvrait la plus grande partie du mur du fond. Le reste de la décoration était composé de reproductions de peintures - des paysages surtout, mais aussi quelques scènes de guerre et de chasse - avec çà et là des objets de marine anciens.

— Alors, attaqua McKillin. Que pensez-vous de la fabrique ?

— C'est assez éloigné de nos normes, répondit Valentina sans détour.

McKillin haussa un sourcil.

— Ce que je veux dire, précisa la jeune femme, c'est qu'effectivement vous n'avez pas vraiment le profil d'une filiale.

— Ce qui signifie ?

— Pour le moment, je n'entrevois que trois solutions. Un, les choses restent telles qu'elles sont et vous continuez à vivre votre vie, mais je me méfie de cette hypothèse-là parce que tôt ou tard, un financier rêvera de booster votre rentabilité et ça, ce n'est jamais bon pour l'intégrité. Deux, on vous aide à vendre davantage de pulls, on transforme vos produits en haut de gamme de la marque, mais vous risquez de ne pas arriver à fournir, et cela ne pourra durer de toute façon qu'un temps car la politique maison est au renouvellement complet des collections tous les deux ans maximum. Trois, on trouve un moyen pour que vous repreniez vos parts et votre liberté.

McKillin était impressionné par la finesse de l'analyse et la franchise du discours.

— Évidemment, fit-il observer, c'est la troisième solution qui me plaît le plus.

— Moi aussi, lui confia Valentina, mais il me reste encore à trouver la bonne idée pour la rendre possible.

— Il faudrait un miracle… Quand repartez-vous ?

— Je ne sais pas précisément. Dans deux jours, peut-être.

— Loin de moi l'idée de hâter votre départ, mais je n'ai plus grand-chose à vous montrer, à part les livres de comptes depuis près de cinquante ans.

— Ça n'apporterait pas grand-chose, je ne suis pas comptable.

Valentina croisa les bras et se mordit les lèvres. Pour être tout à fait honnête avec elle-même, elle ne voyait rien non plus qui justifie qu'elle reste. Mais si elle y réfléchissait objectivement, elle n'avait tout simplement pas envie de repartir tout de suite…

Le patron vint prendre leur commande. Ce n'était pas dans les habitudes de la maison, d'ordinaire il fallait aller soi-même passer sa commande au bar, mais l'homme ne résistait pas à la curiosité de venir voir de plus près la jolie Italienne. McKillin, amusé, l'avait bien compris, mais il ne fit aucun commentaire.

— Fais-nous deux saumons poêlés, se contenta-t-il de demander, et pour le dessert, garde-nous deux parts de crumble.

— Bière ou vin ?

— Du vin blanc, quelque chose de bon.

— Je vais vous trouver ça, compte sur moi.

Le patron s'éloigna. McKillin enchaîna :

— Vous faites un job étonnant. Et puis, sans vouloir vous manquer de respect, vous êtes jeune pour un tel poste dans un aussi gros groupe. Comment en êtes-vous arrivée là ?

— À vrai dire, ce poste, je ne l'ai que depuis lundi. Avant, j'étais partie pour être styliste de vêtements, et puis peu à peu, je me suis dirigée vers l'expertise de création. À force de trouver les nouveautés pas très nouvelles et les créations pas très originales, j'ai pondu un rapport pour dire ce que je pensais de tout ça et lundi dernier, j'ai soudain été nommée… je ne sais trop quoi, d'ailleurs.

McKillin sourit. La sincérité et la spontanéité de la jeune femme le touchaient.

— Vous avez commencé lundi dernier ?

— Non, j'ai été nommée lundi. J'ai commencé hier, en arrivant à l'aéroport de Glasgow…

Ils éclatèrent de rire ensemble.

— Si j'étais à votre place, commenta Valentina en le pointant du doigt, ça ne me ferait pas rire. Le sort de ma boîte suspendu à l'analyse d'une débutante, c'est un truc à cauchemarder toutes les nuits !

McKillin sourit de plus belle.

— Vous savez, mademoiselle Venostra, je n'ai jamais vraiment prêté attention aux diplômes ou à la réputation des gens.

De son index, il tapota le bout de son nez.

— Je me fie à ça, à ce que je ressens. Et avec vous, j'ai tout de suite eu confiance.

— J'espère ne pas vous décevoir, monsieur McKillin.

— Aidan, je vous en prie.

— Seulement si vous cessez de me donner du « mademoiselle Venostra ».

Il acquiesça avec un grand sourire.

On leur apporta le vin – le patron s'excusa, il n'avait aucun vin italien, que du français – et ils trinquèrent. Le saumon ne tarda pas. Chaque assiette débordait d'un filet de poisson superbement grillé aux dimensions impressionnantes, garni de pommes frites dorées et de petits pois craquants.

— À nous deux, nous avons toute la bestiole, plaisanta Valentina.

— Nous aurons au moins partagé ça. Si un jour, vous revenez dans la région, je vous emmènerai pêcher le saumon. Il faut le faire une fois dans sa vie. C'est une véritable expérience.

— Volontiers. Et si vous venez à Rome, n'hésitez pas, nous avons aussi quelques bricoles qui en valent la peine. À commencer par l'original de la McCaig's Tower !

Une lueur d'amusement éclaira le visage de McKillin.

— Valentina, puis-je me permettre une question personnelle ?

— Allez-y, répondit-elle en s'efforçant de ne pas trahir le plaisir inattendu qu'elle avait éprouvé en l'entendant prononcer son prénom.

— Vous ne portez pas d'alliance. Vous n'êtes pas mariée ?

— Pas pour le moment. J'ai un ami et nous avons des projets, mais nous voulons prendre notre temps.

Valentina avait sorti cela d'un trait. Elle se surprit elle-même, tant par la promptitude de sa réponse que par sa formulation. Pour se donner contenance, elle s'affaira à retirer les arêtes de son saumon. Les visages de sa mère et de Francesca surgirent dans son esprit, l'abreuvant de reproches : « Comment peux-tu dire ça, alors que tu as annoncé ton mariage il y a deux jours ? Trahison ! Comment peux-tu faire une chose pareille à ce pauvre Stefano ? » Elle les fit mentalement taire : la demande de Stefano avait été si rapide, si impromptue… Lui qui était si attaché aux convenances n'avait même pas eu le temps de céder à la coutume de la bague de fiançailles.

— Et vous ? demanda-t-elle en chassant à grand-peine cette image désagréable – peut-être avait-elle été décontenancée par le tour que prenait leur conversation ?

McKillin leva le nez de son assiette, visiblement surpris.

— Moi ? Je n'ai personne, et je n'ai aucun projet. Il faut dire que je n'ai pas vraiment le temps de chercher, et puis dans le coin…

Il eut un geste évasif et se tut. Ils se remirent à manger.

— Votre ami est dans le textile, lui aussi ? demanda-t-il après quelques bouchées.

— Non, pas vraiment. Il est dans l'import-export d'équipement automobile.

— Et vous vivez à Rome ?

— Oui, mais pas dans le même quartier. Lui habite sur une des avenues les plus cossues de la ville, tandis que je vis dans un studio dans le pâté de maisons où j'ai grandi.

McKillin parut sur le point de poser une question, mais il se ravisa et se replongea dans son assiette. Valentina le fixait.

— Vous vous demandez pourquoi nous n'habitons pas ensemble ?

McKillin releva le visage, embarrassé d'avoir été percé à jour.

— Moi aussi, déclara Valentina sans lui laisser le temps de réagir. Ça doit vouloir dire quelque chose, mais j'ai du mal à savoir quoi.

À la fin du repas, Valentina avait l'impression d'avoir passé la soirée avec un ami d'enfance. Jamais encore elle n'avait parlé aussi franchement avec un homme, surtout un homme qu'elle venait tout juste de rencontrer.

Avec Aidan, elle avait ri, elle avait accepté de dire ce qu'elle n'avait jamais confié ni à Vincenzo, ni à son père, dont elle était pourtant très proche. Il lui inspirait confiance. Le déracinement qu'elle ressentait en se retrouvant si étrangère ici, et en même temps tellement en phase avec tout ce qu'elle y rencontrait, et le fait qu'ils risquaient de ne jamais se revoir comptaient probablement dans cette liberté de ton.

Aidan McKillin s'était lui aussi beaucoup livré, au sujet de sa sœur, de ses parents, de ses rêves, et même de sa solitude. Quand il parlait à Valentina, il la regardait droit dans les yeux. Avec n'importe qui, la jeune femme aurait pu se sentir gênée, mais en l'occurrence, cela ne lui posait aucun problème. Elle aimait qu'il pose ses yeux sur elle.

Aidan régla l'addition malgré les protestations de Valentina. Ils se retrouvèrent dehors, tous deux très satisfaits de leur soirée. Le vent n'avait pas faibli. Valentina prit une profonde inspiration. Elle se sentait bien, prête à se battre pour trouver la meilleure solution pour l'entreprise. Ils marchèrent jusqu'à l'hôtel. Aidan accompagna la jeune femme dans le hall, où ne brillait plus qu'une seule lampe.

La patronne était là, plongée dans un livre, et attendait.

— J'ai un message pour vous, déclara-t-elle à Valentina. Votre bureau a téléphoné ici, ils n'arrivaient pas à vous joindre sur votre portable. Vous devez repartir demain matin. Vous êtes attendue pour une importante réunion demain après-midi à votre siège. Ils ont précisé que votre billet était déjà réservé.

Valentina accueillit la nouvelle comme un coup de poing. Elle se retourna spontanément vers Aidan, qui n'avait pas l'air plus heureux qu'elle. Elle en eut le cœur serré.

— Je peux vous emmener à l'aéroport, assura-t-il. Ce n'est pas un problème.

Elle ne put répondre. Ce n'était pas pour le trajet qu'elle s'inquiétait. Quelque chose de bien plus profond sonnait désormais en elle comme une évidence.

24

Depuis plus d'une heure, avec d'autres membres de la direction et du marketing, Valentina assistait au défilé des directeurs des différentes filiales. Se retrouver là alors que le matin même elle était encore en Écosse lui paraissait vraiment étrange. Elle s'efforçait de se concentrer sur cette importante expérience liée à son nouveau poste, mais elle ne pouvait empêcher ses pensées de vagabonder vers l'homme qu'elle avait rencontré là-bas.

Valentina se ressaisit et réussit à chasser de son esprit les images des landes et le sourire d'Aidan McKillin. Elle se redressa sur sa chaise et se consacra à ce qui se déroulait devant elle.

Toutes les branches de l'empire Eccezionale étaient convoquées et représentées : luxe, prêt-à-porter, sportswear, accessoires… Les responsables de chaque secteur d'activité étaient venus défendre leur production pour la saison d'hiver suivante. Valentina avait beaucoup entendu parler de ces réunions ultraconfidentielles où se déterminait l'avenir de la marque. Rien n'en filtrait jamais. En fonction de ces présentations, la direction choisissait sur quel produit miser, quel vêtement mettre en valeur dans les campagnes marketing, sur les sites Internet, dans les catalogues, les réseaux d'affichage ou les vitrines des boutiques. Les tendances de la communication se décidaient là.

L'enjeu de ce genre de grand-messe était de définir ce qui valait la peine d'être mis en avant dans la gamme. S'agirait-il d'un pull original ? D'une écharpe toute simple ? D'un accessoire tendance ou d'un gilet chiné ? Tout se jouait durant cette étrange audition.

Chaque directeur de secteur rêvait de voir un de ses articles élu comme produit phare. S'ensuivrait une progression astronomique du chiffre d'affaires de sa branche, qui lui vaudrait d'être sacré comme l'un des meilleurs éléments du groupe. Chacun y allait de ses petits graphiques, ses chiffres de vente et prévisionnels, ses rendements bruts de marges autofinancées et autres finesses incompréhensibles au commun des mortels. Valentina commençait à en avoir mal à la tête.

Le cérémonial, parfaitement rodé, ressemblait plus à une audience au tribunal qu'à un conciliabule créatif. Face aux jurés de la direction générale siégeant derrière une longue table, chaque appelé s'avançait vers un pupitre placé au centre et soutenait sa production.

Lorsque le premier directeur – un doux dingue convaincu que le seul vêtement qui valait la peine d'être remis en avant était le bonnet péruvien – avait fait son show, Valentina avait presque trouvé cela intéressant. Elle apprenait énormément sur la façon dont on assemble une gamme complète. Les gens ignorent généralement que, pour leur être proposé dans tous les magasins de la terre, chaque produit, chaque vêtement doit d'abord suivre un véritable parcours du combattant. Étape après étape, ceux qui l'ont créé doivent convaincre qu'il est le plus à même de tenter les foules. Au-delà des discours triomphalistes et des allégations parfois surréalistes sur les goûts des adolescentes ou des hommes de plus de trente ans, elle découvrait le vivier dans lequel puisait la direction pour concocter une offre de vêtements portant son identité et capable de séduire le plus grand nombre.

À plusieurs reprises, la jeune femme essaya d'imaginer ce qu'Aidan McKillin aurait pu offrir comme prestation dans ce genre d'exercice. Il se serait approché calmement avec son seul modèle de pull disponible. Il aurait pu expliquer pourquoi il était fier de le fabriquer, mais n'aurait certainement pas su jouer le jeu de la surenchère commerciale. Dans cette galerie de portraits, il aurait assurément dénoté. Trop grand, trop naturel, trop sincère sans doute aussi. Aidan n'aurait pas porté de petit costume à la mode, il n'aurait pas eu non plus ces détestables sourires forcés en fin de phrase pour tenter d'embobiner l'auditoire. Valentina sourit et tenta de se concentrer à nouveau sur l'intervenant en cours.

L'homme avait une petite trentaine, les cheveux peignés en arrière et luisants de gel. Il brandissait un gilet court en prétendant qu'il s'agissait du futur succès de la marque. Il en était certain, le prochain hiver serait doux en Europe, donc pas besoin de manches ! Il affirmait aussi que les couleurs étaient révolutionnaires. Pourtant, le gilet qu'il présentait était d'un gris-bleu tout à fait classique. Le voir s'enthousiasmer ainsi sur ce vêtement plutôt banal était assez décalé. On aurait pu croire qu'il défendait un ambitieux programme politique, une invention géniale ou une découverte scientifique majeure. Il accumulait les formules choc et les superlatifs, sans pour autant parvenir à captiver ses interlocuteurs.

Le fait est qu'à ce stade, Valentina avait complètement décroché. Elle n'était plus capable de dire ni de quel vêtement il était question, ni l'endroit où il était censé se vendre…

Installée entre Oliviero Vecchi et un spécialiste du marketing, Valentina avait remarqué que, depuis un bon moment déjà, ce dernier ne prenait plus de notes et dessinait distraitement sur son bloc – avec un certain talent au demeurant. Vecchi se pencha discrètement vers elle et lui demanda :

— Alors, ce voyage en Écosse ?

— Surprenant et passionnant.

— McKillin vaut quelque chose ?

— C'est un homme très bien.

— Je ne vous parle pas de l'homme, mais de l'entreprise.

— Ah oui, bien sûr… se reprit Valentina, déstabilisée. C'est une société modeste mais parfaitement saine.

— Que doit-on en faire ?

Valentina ne s'était pas du tout préparée à une question aussi directe. Elle tenta d'argumenter :

— Leurs produits sont excellents mais très particuliers…

— En d'autres termes ?

— Je n'avais pas complètement terminé mon étude lorsque vous m'avez fait rappeler. Il me restait de nombreux points à examiner.

— Bien. Nous en reparlerons demain à mon bureau.

25

Sitôt la présentation des filiales achevée, Valentina prétexta la fatigue du voyage pour s'éclipser. Elle ne tenait pas à s'éterniser des heures pour palabrer sur des détails sans importance.

Lorsqu'elle sortit du siège de la compagnie, le jour déclinait. Dans la rue, l'air était doux. Elle ferma les yeux et respira profondément. Assurément, le printemps était là. Les bacs à fleurs débordaient de tulipes déjà épanouies qui rayonnaient de leurs teintes éclatantes. Les femmes avaient ressorti leurs robes légères, leurs talons claquaient vivement sur le pavé, et nombre des hommes qui les accompagnaient portaient leur veste sur l'épaule. Valentina était seule et n'avait pas grand-chose à faire de sa soirée. Stefano, qui ne s'attendait pas à ce qu'elle rentre si soudainement, avait prévu d'aller voir un match de l'AS Roma au stade olympique avec ses collègues. Valentina n'avait pas insisté pour qu'il annule – il ne l'avait d'ailleurs pas proposé.

Comme elle avait du temps, la jeune femme décida de rentrer chez elle à pied. Étrangement, elle ne goûtait pas la douceur de vivre ambiante. En traversant les jardins du Quirinal, elle se trouva protégée de la circulation et du bruit, loin des terrasses des restaurants bondées du quartier de la piazza di Spagna. Pour la première fois de sa vie, Rome ne produisait pas sur elle l'effet habituel. Valentina était ailleurs. Même dans les jardins, le vent lui manquait, l'horizon aussi. Le panorama sur la capitale avait beau être splendide depuis la terrasse, il n'y avait que des bâtiments à perte de vue. Elle qui s'était crue citadine de cœur aspirait aux grands espaces.

Ce fut pire une fois ressortie du parc. Où qu'il se dirige, son regard se heurtait aux façades et aux restaurants, à la foule et au mouvement. Ce soir-là, la rumeur familière de sa ville l'oppressait. Elle s'immobilisa un instant et ferma les yeux, espérant qu'un souffle d'air caresse son visage et réveille le souvenir des bourrasques du port d'Oban. C'est à peine si elle sentit ses cheveux onduler. Nul besoin de les attacher désormais.

Valentina se sentait étrangère à l'effervescence qui l'entourait. Elle ne partageait ni l'entrain ni l'envie de fête qui faisait frémir la ville. Elle marchait mécaniquement, comptant peut-être s'épuiser assez pour s'écrouler en arrivant chez elle sans avoir le temps de penser.

La jeune femme avait beau se répéter que la fatigue et le stress des derniers jours devaient être en grande partie responsables de son état d'esprit, elle n'y croyait pas réellement. Elle n'avait passé que deux jours en Écosse, elle ne pouvait pas être en manque, non ? Il avait suffi de deux jours dans ce pays, deux jours avec Aidan pour qu'elle ne se sente plus la même. Cette pensée la mettait mal à l'aise. Elle perturbait le schéma de vie qu'elle s'était méthodiquement construit, et remettait aussi en cause l'image qu'elle avait d'elle-même. Valentina se jugeait sévèrement. Le simple fait de pouvoir penser à un autre homme que Stefano lui posait un problème moral. Après tout, ils étaient fiancés… Pourtant, quel que soit son raisonnement, quelle que soit l'intensité de son embarras, l'image d'Aidan surgissait obstinément dans son esprit. Le son de sa voix, sa façon de la regarder, un léger sourire aux lèvres, et les mouvements de ses mains se superposaient à la réalité. Peu à peu, elle ne songea plus qu'à lui. Elle poursuivait son chemin à travers les rues sans plus prêter attention au décor.

Soudain, peut-être parce que sa conscience était aussi fatiguée qu'elle, peut-être parce qu'à force de tenter de se masquer la vérité, elle ne trouvait plus d'échappatoire, elle finit par admettre sa seule pensée sincère : ce soir, au-delà de tout ce qu'elle aurait pu souhaiter, elle aurait préféré être aux côtés d'Aidan.

Pour la première fois, Valentina acceptait de reconnaître que McKillin lui manquait plus que tout. Qu'elle s'autorise seulement à le penser libéra le flot d'émotions qu'elle retenait inconsciemment depuis son retour à Rome. Ce fut comme si une digue avait cédé en elle. Une douce chaleur envahit chaque parcelle de son corps. Le carcan de réflexions et d'interdits qu'elle s'était imposé vola en éclats. Elle ne se sentait pas coupable, non, elle était presque heureuse de s'abandonner à ce sentiment qui, aussi inconvenant soit-il, était le plus vrai et le plus puissant qu'elle ait éprouvé depuis longtemps.

Inconsciemment, ses pas l'avaient ramenée devant Santa Maria Maggiore. Valentina s'avança jusqu'au pied de la basilique si familière. À cette heure-ci, les marches étaient désertes. Sur le fronton, les saints de pierre sculptée semblaient la regarder. Ils ne donnaient pas l'impression de la juger, plutôt de la plaindre.

Une larme roula sur sa joue. Une autre suivit, puis tout un torrent. Submergée par l'émotion, Valentina pleurait. Elle se mit à sangloter sans retenue, comme seuls le font les enfants ou les gens débordés par un incommensurable chagrin. Elle respirait par à-coups, suffoquait. Elle s'assit sur les marches et se laissa aller. Accepter l'évidence la bouleversait, mais c'était aussi un soulagement. À cet instant, elle se sentait seule, infiniment fragile, mais enfin en accord avec elle-même. Elle ne luttait plus pour se cacher la vérité, elle ne se réfugiait plus derrière des excuses. Ce qu'elle éprouvait pour Aidan lui était inconnu. Elle ne désirait plus se battre contre ce qu'elle ressentait, elle n'en avait plus la force. Elle capitulait devant ce sentiment qui la submergeait. Sans en souffrir, elle en devenait prisonnière. D'un seul coup, elle n'avait plus peur de se souvenir de lui, de sa détermination, de sa sincérité, de l'énergie qu'il dégageait. Elle revoyait ses yeux, elle revivait sa colère, ses mots timides et toujours humains pour défendre ses convictions. Sa haute silhouette semblait se dresser là, juste devant elle, à contre-jour du couchant. Valentina aurait voulu qu'il soit là. Avec lui, elle n'aurait eu peur de rien.

Au bout d'un long moment, ses larmes finirent par se tarir. Elle était épuisée, mais en elle, un nouvel équilibre régnait. La jeune femme se redressa. Elle inspira profondément, jusqu'à se remplir les poumons à bloc. Elle se leva et reprit le chemin de son studio. Elle appréhendait de rentrer seule chez elle, mais elle préférait encore cela plutôt que d'être obligée d'aller dormir chez Stefano en lui jouant une comédie indigne.

Chez elle, il y avait ses souvenirs, ses photos avec l'homme qu'elle avait promis d'épouser. Ce soir, il y aurait en plus l'émotion qui ne cessait de grandir en elle.

Valentina savait qu'elle allait passer l'une des plus étranges nuits de sa vie.

26

Comme redouté, Valentina n'avait pas beaucoup dormi. Toute la nuit, elle avait réfléchi à ce qui lui arrivait et à ce que cela impliquait. Comment être certaine de ses sentiments ? Quelle place leur donner ? Qu'allaient-ils changer à sa vie ? La tête bourdonnante de questions, elle n'avait pu grappiller que quelques heures d'un sommeil agité.

Le réveil avait été douloureux. Entre toutes ces questions existentielles, aux petites heures du matin, elle avait malgré tout songé au cas de McKillin & Son. Une douche plutôt fraîche et un thé noir très fort avaient achevé de lui éclaircir les idées.

Sur le chemin du bureau, elle avait déjà élaboré une ébauche de compte-rendu. Il fallait qu'elle téléphone en Écosse pour obtenir quelques renseignements supplémentaires. Avec un peu de chance, elle tomberait directement sur Aidan. Sinon, de toute façon, pour lui parler, elle était prête à affronter ce dragon de Sarah.

Lorsqu'elle franchit les portes du siège d'Eccezionale, l'hôtesse d'accueil la salua et lui tendit aussitôt deux messages. L'un confirmait l'heure de son rendez-vous avec Oliviero Vecchi, et l'autre lui demandait de passer à l'étage de la direction, où l'on installait son nouveau bureau.

Valentina se dirigeait vers les ascenseurs lorsque la jeune femme de l'accueil la rappela :

— Mademoiselle Venostra !

Valentina se retourna.

— J'allais oublier. J'ai un autre message pour vous. Il date d'hier soir. Je ne sais pas si c'est personnel ou professionnel.

Elle lui tendit le coupon de carton :

« M. McKillin a appelé. »

Le cœur de Valentina bondit dans sa poitrine. Elle remercia l'hôtesse et se dirigea en toute hâte vers son bureau.

Elle ne prit même pas le temps de retirer son manteau avant de s'asseoir. En composant le numéro en Écosse, ses mains tremblaient. Pendant qu'à l'autre bout de l'Europe, son appel sonnait, elle essayait d'imaginer ce qu'il pouvait faire à cette heure-ci. Elle espérait de toutes ses forces que ce serait lui qui décrocherait. Si c'était le cas, alors elle interpréterait cela comme un signe positif, un heureux présage…

— Allô ?

Valentina sourit en reconnaissant la voix grave et l'accent rocailleux. Sans même en être consciente, elle recommença à respirer.

— Bonjour, annonça-t-elle, je suis Valentina Venostra, vous vous souvenez ?

McKillin éclata de rire.

— Bien sûr que je me souviens ! Comment allez-vous, Valentina ? J'ai appelé votre bureau hier soir, mais vous étiez déjà partie.

— On vient de me transmettre le message. Un problème ?

— Non, je voulais juste savoir comment s'était passé votre retour. Vous êtes partie si vite... Je désirais aussi vous dire que j'ai été heureux de vous rencontrer. Si vous passez dans le coin, mon invitation à la pêche tient toujours.

Valentina était aux anges.

— Moi aussi, j'ai été heureuse de faire votre connaissance, Aidan, dit-elle avec chaleur. J'ai réfléchi toute la nuit à la meilleure solution pour votre entreprise. Je n'ai pas encore trouvé, mais je vous promets que j'y travaille, vous pouvez compter sur moi.

— C'est gentil à vous.

— Je vous en prie. C'est mon travail.

Valentina cherchait désespérément un sujet afin de poursuivre leur conversation, mais que dire ? Elle avait tout oublié de ce qu'elle voulait lui demander pour son rapport. De toute façon, ce n'était pas de cela qu'elle avait vraiment envie de lui parler. La voix d'Aidan la troublait. Il ne pouvait pas soupçonner tout ce qu'elle ressentait, tout ce qu'elle aurait aimé lui dire.

— Allô ? fit McKillin.

— Oui, je suis là.

— J'ai cru que nous avions été coupés.

— Non, pas du tout… pardon. Aidan, euh… Il faudra sûrement que je vous rappelle, pour votre dossier. Ça ne vous ennuie pas ?

— Appelez-moi autant que vous voudrez.

— Ce sera peut-être même aujourd'hui…

— Je ne vais pas beaucoup être là, mais dans la soirée, je devrais être joignable.

— Si ça ne vous dérange pas.

— Mais non, je vous assure. Alors à tout à l'heure !

Lorsque Valentina raccrocha, le sentiment de manque l'envahit à nouveau. Pendant les quelques minutes de leur conversation, le temps et les problèmes n'avaient plus compté. Elle supportait difficilement que cela s'arrête.

Elle s'adossa à son siège, songeuse, en jouant machinalement avec la ceinture de son manteau. Il n'était plus question pour elle d'ignorer l'évidence. Elle n'essayait même plus. Elle n'avait jamais ressenti cela pour aucun homme – pas même pour Stefano, à sa grande honte. Elle ne s'expliquait pas cette attirance, elle ne comprenait pas pourquoi cette force la dépassait et prenait le contrôle de sa vie. Valentina se posait mille questions et n'avait de réponse définitive qu'à seulement deux d'entre elles : aurait-elle préféré ne jamais avoir rencontré Aidan McKillin ? Non. Était-elle capable de l'oublier et de reprendre là où elle en était deux jours plus tôt ? Non, catégoriquement non.

On frappa à sa porte.

— Entrez !

Une femme à peine plus jeune qu'elle ouvrit timidement.

— Bonjour, mademoiselle Venostra. Je suis Eva, se présenta-t-elle. Je vais assurer votre secrétariat pendant quelque temps. On m'envoie vous chercher. Là-haut, les services techniques installent votre bureau. Pouvez-vous venir ?

— Bien sûr. De toute façon, j'allais monter.

Valentina se leva et rejoignit la jeune fille, à qui elle tendit la main.

— Très heureuse de vous connaître, reprit Eva. Je ne suis là que pour un mois, mais ne vous inquiétez pas, je suis sérieuse.

— Pas de cérémonie entre nous, Eva, répliqua gentiment Valentina. Jusqu'à présent, je me débrouillais toute seule, et j'ai toujours été contre l'esclavage...

Eva sourit et confia :

— C'est ma première mission de secrétariat. J'ai un peu peur.

— Je vois exactement de quoi vous parlez. Ne vous en faites pas, à nous deux, on va s'en sortir...

— C'est très gentil à vous, je vous promets de faire de mon mieux.

Eva regarda sa nouvelle patronne, étonnée, et demanda timidement :

— Vous avez froid ? Vous n'avez pas enlevé votre manteau...

Valentina sursauta et baissa les yeux sur sa tenue. Elle secoua la tête.

— Ce serait un peu trop long à expliquer...

27

Le nouveau bureau n'avait pas grand-chose à voir avec l'ancien. Il était cinq fois plus grand, incroyablement lumineux, et donnait sur les jardins situés à l'arrière de l'hôtel particulier. Le soleil entrait par de hautes fenêtres. Le mobilier et le matériel informatique étaient encore empilés au milieu de la pièce, emballés dans du film à bulles. Sous le haut plafond mouluré, tous les murs étaient d'un blanc lisse, aveuglant.

« Il va me falloir des milliers de croquis pour couvrir tout ça et donner un peu de couleur à ce frigo », songea Valentina.

— Comment souhaitez-vous qu'on agence les meubles ? demanda l'un des manutentionnaires.

Valentina jaugea le mobilier d'un coup d'œil et réfléchit un instant.

— Mettez mon bureau et celui d'Eva face à face, perpendiculaires aux fenêtres. Placez les bibliothèques derrière, et pour les petits meubles, ne vous en préoccupez pas, on se débrouillera.

Les trois déménageurs passèrent aussitôt à l'action. Valentina se tourna vers Eva, qui se tenait en retrait.

— Qu'en dites-vous ? On devrait être bien comme ça.

La jeune fille n'osait pas donner son avis. Valentina s'approcha d'elle et lui posa une main fraternelle sur l'avant-bras.

— Vous devez vous détendre, Eva, sinon vous allez faire une crise cardiaque au premier coup de feu, et une assistante morte est une mauvaise assistante…

La jeune femme opina sans oser la regarder.

Valentina lui pressa le bras pour l'encourager, consulta sa montre et ajouta :

— Je vous laisse superviser le déballage et la mise en place. N'oubliez pas de leur demander de brancher les ordinateurs et les téléphones. J'ai rendez-vous, je suis là d'ici une heure.

Le bureau de Valentina était désormais tout proche de celui de Vecchi. Il n'en était séparé que par celui d'un adjoint aux finances qui, du pas de sa porte, observait d'un œil critique le va-et-vient des installateurs. Lorsque Valentina remonta le couloir, il la détailla de la tête aux pieds. Elle lut dans son regard autant de méfiance que de mépris. L'individu ne devait pas être loin de la retraite et voyait sûrement d'un très mauvais œil l'arrivée d'une petite jeune dans les sphères de direction. Valentina lui adressa un salut respectueux, auquel l'homme ne daigna pas répondre. Elle ne s'en formalisa pas et continua son chemin.

Lorsqu'elle entra dans le bureau d'Oliviero Vecchi, celui-ci était au téléphone. Cette fois, aucune assistante n'avait accompagné Valentina jusqu'à la porte.

Sans cesser de parler, le directeur artistique lui fit signe de s'asseoir. Il acheva sa communication en quelques mots et attaqua directement :

— Alors, Valentina, qu'avez-vous pensé de la présentation d'hier ?

— C'était très instructif. Et très surprenant.

Vecchi trouva la formule habile. Son œil pétillait.

— Pour ma part, avoua-t-il, cela fait dix ans que j'assiste à ce genre de rituel un peu stupide, et je n'arrive toujours pas à être convaincu que ce soit la meilleure façon de monter une collection !

Valentina se détendit et rit avec lui.

— Que choisiriez-vous comme vêtement phare pour la prochaine rentrée ? demanda Vecchi.

— J'ai bien peur d'être à la fois juge et partie. Pour moi, ce serait un pull, sans l'ombre d'un doute. Un pull bien chaud, où il ferait bon se blottir pour affronter les rigueurs hivernales…

— Arrêtez, plaisanta Vecchi, on croirait entendre un de nos directeurs de division !

La jeune femme sourit et se tut.

— Plus sérieusement, reprit le responsable de la création, revenons à nos moutons – c'est le cas de le dire. Avez-vous la réponse à ma question ? Que devons-nous faire de McKillin & Son ?

Cette fois, Valentina ne fut pas prise au dépourvu.

— J'ai plusieurs idées, commença-t-elle, mais il me manque encore quelques éléments.

Vecchi la regarda dans les yeux, attentif.

— D'habitude, prévint-il, on sort ce genre de phrase toute faite lorsqu'on n'a pas encore trouvé de réponse satisfaisante...

Il croisa les doigts et s'appuya sur ses coudes.

— Jeune demoiselle, reprit-il, j'ai confiance en vous. J'espère qu'en retour vous aurez confiance en moi. Je ne vous demande pas un discours bien huilé qui ne mène à rien, mais un avis sincère. Soyez franche.

Valentina opina et se lança :

— McKillin & Son est une toute petite entreprise qui n'aurait jamais dû être la filiale d'aucun grand groupe. Ils sont parfaitement autonomes. C'est un accident qui les a conduits à s'endetter auprès d'un proche, voilà plus de quarante ans. À sa mort, les héritiers ont vendu les parts et depuis, la fabrique se balade de portefeuille en portefeuille sans que personne ne sache quoi en faire. Les vendre à n'importe qui reviendrait à signer leur arrêt de mort, les garder ne nous coûte pas cher mais ne nous rapportera pas plus non plus...

— J'ai bien peur que le conseil d'administration ne soit pas fou de joie d'entendre cela. Ont-ils un savoir-faire particulier ?

— Oui, et ils le maîtrisent parfaitement, mais leur rendement ne correspond pas à nos volumes de commandes et ils sont vraiment trop spécialisés. Ils ne pourront jamais devenir un fournisseur classique pour nous.

— Que proposez-vous ?

— Durant mon séjour, j'ai constamment cherché le moyen soit d'intégrer leurs pulls à nos collections, soit de leur rendre leur liberté à travers un marché équitable.

— Et quelles sont vos conclusions ?

— Je ne vous ai pas menti. Il me manque encore certains éléments.

— Dans combien de temps les aurez-vous ?

— Quelques jours, tout au plus.

— Soit. Aménagez votre bureau, consacrez-vous à cette affaire, et prévenez-moi dès que vous aurez l'illumination d'une solution géniale. Ce n'est pas un cas facile pour vos débuts, mais je suis sûr que vous avez de la ressource.

Valentina le remercia et se leva pour sortir.

— Dites-moi, la rappela Vecchi alors qu'elle avait déjà fait quelques pas vers la porte. S'il n'y avait pas eu cette fichue réunion à laquelle je tenais que vous assistiez, quand seriez-vous rentrée ?

— Dans deux ou trois jours, je pense.

— Ne serait-il pas judicieux de retourner là-bas ?

Les mains de Valentina se mirent instantanément à trembler d'excitation.

— Évidemment, dit-elle en tentant de ne rien laisser paraître. Je serais plus efficace sur place.

— Bien. Je vous laisse deux jours.

28

— Eh bien, moi qui avais peur de moins te voir à cause de tes nouvelles fonctions, me voilà rassurée. Je n'ai jamais déjeuné avec toi aussi souvent.

Francesca serra le bras de son amie. Les deux jeunes femmes déambulaient sous le soleil dans le parc Savello, à la recherche d'un banc libre. Valentina avait toujours aimé la magnifique vue sur la Ville éternelle et la coupole de la basilique Saint-Pierre que l'on avait depuis la colline de l'Aventin. Et puis en cette saison, tous les orangers du jardin étaient en fleurs et embaumaient.

— Tu as eu raison de vouloir venir te promener ici, continua Francesca. Ça nous change des minuscules tables de restaurant. On sera contentes de les retrouver l'hiver prochain.

Cela faisait un petit moment que Valentina n'avait pas prononcé un mot. Ce silence était inhabituel et Francesca le remarqua.

— Que t'arrive-t-il ? Tu as l'air bizarre. Tu demandes à me voir et tu ne dis rien. Il y a un problème à ton travail ?

— Non.

— C'est ton mariage avec Stefano qui t'angoisse ?

Par chance, Valentina repéra un banc disponible, ce qui lui évita d'avoir à répondre à cette question. Les deux amies s'installèrent et déballèrent leurs sandwichs. Valentina ouvrit son manteau.

— Il est nouveau, ce pull, remarqua Francesca. Dis donc, tu ne vas pas mourir de froid ! Il est super épais. En tout cas, il te va bien.

Continuant d'observer son amie toujours silencieuse, Francesca ajouta :

— Et tu attaches tes cheveux, maintenant. Ceci dit, pour ton nouveau poste, ça fait peut-être plus sérieux, mais tu devrais plutôt utiliser une vraie barrette et pas ce bout de ficelle…

Valentina évitait le regard de son amie. Elle se sentait de plus en plus mal à l'aise. D'un geste décidé, Francesca posa son sandwich à côté d'elle, effrayant au passage quelques pigeons par la vivacité de son mouvement.

— Bon, cette fois, ça suffit ! Je fais la grève de la faim. Tu vas me dire ce qui se passe, ou je me lève et je m'en vais. Depuis tout à l'heure, tu te tais, tu fuis, tu évites. Qu'est-ce qui t'arrive ? Tu as tué quelqu'un ?

Valentina releva la tête et accepta de regarder sa plus vieille complice dans les yeux. Elle avala sa salive et avoua dans un souffle :

— Je suis en train de perdre le contrôle de ma vie.

— Allez, Valentina, qu'est-ce qui te contrarie ? Ta nomination ? Ton mariage ? Parle, bon sang !

— Rien de tout ça...

— Alors quoi ?

Valentina secoua la tête. Francesca dévisagea un moment son amie puis s'exclama :

— Mon Dieu, ton chef te harcèle ! Il t'a fait des avances ?

— Pas du tout.

Francesca plissa les yeux à la façon d'un enquêteur en plein interrogatoire, s'approcha encore plus près de Valentina et déclara soudain :

— Tu as rencontré quelqu'un en Écosse.

À la fois honteuse et soulagée que son amie ait deviné, lui épargnant ainsi l'inconfort d'avoir à l'avouer elle-même, Valentina acquiesça d'un piteux mouvement du menton.

— Le pull, les cheveux attachés, c'est lui ?

— C'est lui.

— *Madonna santa !*

— Depuis que je suis rentrée, je ne fais que penser à lui, confessa Valentina. Je n'ai que lui en tête, dans tout ce que je fais, dans tout ce que je dis. Je n'arrive pas à me concentrer sur autre chose. Je suis bouleversée, je me sens tellement mal... Mais c'est plus fort que moi !

Francesca éclata de rire.

— Alors toi, tu me surprendras toujours ! En deux jours à peine, il t'en arrive plus qu'à d'autres en dix ans ! Tu décroches un job que certains tueraient pour avoir, tu es quasiment mariée, et tu trouves le moyen d'avoir le coup de foudre pour un Écossais !

— S'il te plaît, supplia Valentina, au bord des larmes, ne m'accable pas. Je suis déjà assez mal comme ça. Il n'y a qu'à toi que je pouvais en parler...

Constatant l'ampleur de sa détresse, Francesca reprit son sérieux et enlaça son amie, lui inclinant la tête sur son épaule d'un geste maternel.

— Viens là, petite sœur. Pleure un bon coup et raconte-moi tout. Il fait beau, tu es amoureuse, ce n'est pas une si mauvaise nouvelle que ça. Évidemment, ç'aurait été plus simple si tu avais été raide dingue du type que tu es censée épouser...

— C'est horrible, gémit Valentina. Qu'est-ce que je vais devenir ?

— Il faut d'abord analyser tout ça, être sûre de ce que ça vaut. Si tu es réellement accro, ton avenir se résume à deux possibilités : soit tu deviens une femme mariée avec des regrets, soit une femme épanouie avec beaucoup de problèmes... Allez, la pressa Francesca, parle-moi de lui.

— Il doit avoir un peu plus de trente ans. Il dirige la société que je suis allée visiter en Écosse – une toute petite boîte, il n'a rien d'un puissant patron. Il est gentil, rassurant. Ça a l'air si bateau dit comme ça... Je ne sais pas trop comment t'expliquer ; je le ressens, c'est tout.

— Est-ce qu'il est beau ?

— Il est grand, il a du charme, et des fossettes quand il sourit. Il me fait craquer.

— Il porte un kilt comme tous les Écossais ? Avec rien en dessous ?

Valentina fronça les sourcils.

— Cesse de te moquer, sinon je ne te dis plus rien.

— D'accord, j'arrête ! capitula Francesca en levant les mains. Pardonne-moi cette question indiscrète, mais s'est-il passé quelque chose entre vous ?

— Bien sûr que non ! Pour qui me prends-tu ? J'ai commencé à me rendre compte de l'effet qu'il me faisait au moment où il a fallu qu'on se sépare. Depuis, c'est l'horreur. Je pense à lui en permanence. Ça tourne à l'obsession.

Francesca s'écarta de Valentina et, la tenant à bout de bras, considéra sa complice d'un œil critique.

— Je ne t'ai jamais vue dans cet état-là, concéda-t-elle. Si j'ai un diagnostic, c'est que tu es accro au dernier degré.

Valentina opina vigoureusement.

— Je n'avais jamais ressenti ça. Jamais.

— Je croyais que Stefano…

— Moi aussi, je croyais. Mais là, honnêtement, ça n'a rien à voir. Et ça ne m'arrange pas du tout.

— Je te plains et je t'envie, soupira Francesca. Je te plains parce que l'amour nous complique souvent la vie, et je t'envie parce que c'est un sentiment qui ne se compare à aucun autre. C'est une force incroyable. Moi, avec Michael, ça me fait souffrir, mais ça me fait vivre. Et puis je vais te dire autre chose : je préfère te voir amoureuse à en perdre la tête que prête à te marier sans aucune émotion.

Reconnaissante, Valentina jeta ses bras au cou de son amie et l'embrassa. Sa vaillante tentative de sourire en fit naître un vrai grand sur le visage de celle qui, une fois de plus, la comprenait entre toutes.

— Ah, je préfère te voir comme ça ! Mais, dis-moi autre chose : comment ça s'est passé à ton retour avec Stefano ?

— Je ne l'ai pas encore vu. Il avait prévu d'aller voir un match de foot avec ses copains. Il n'avait pas l'air décidé à changer ses plans et je n'ai pas insisté. Je ne sais pas ce que ça aurait donné. Si tu avais vu l'état dans lequel j'étais hier soir…

— Tu ne m'as même pas dit son nom.

— Aidan. Aidan McKillin.

— Mmmh, minauda son amie en levant les yeux au ciel d'un air extasié, le charme de l'exotisme…

— Je repars demain matin.

— Où ça, en Écosse ?

— Oui, pour finir mon travail d'expertise.

— Sur l'homme ou sur l'entreprise ?

Valentina leva un poing faussement menaçant.

— Au lieu de te moquer, tu devrais me souhaiter bonne chance. Je joue gros cette fois-ci.

— Tu es dedans jusqu'au cou, affirma Francesca d'un ton définitif. Et je n'ai qu'un seul conseil à t'offrir : quels que soient les obstacles, suis seulement ce que ton cœur te dicte. Je suis avec toi. Bienvenue dans l'enfer des femmes amoureuses…

29

Attendre quelqu'un est l'une des plus douces tortures qui puissent exister. Espérer le rendez-vous, compter les heures, puis les minutes qui vous séparent de l'instant, se préparer à le vivre... Le cœur hésite entre l'impatience d'y être et la délectation de l'anticipation, et l'on rêve de suspendre le temps afin qu'il y ait toujours de tels moments à vivre.

Valentina en faisait l'expérience. Depuis qu'elle avait décollé de Rome, elle ne faisait qu'imaginer leurs retrouvailles. Elle était consciente de se comporter comme une adolescente énamourée et immature, mais cela lui était parfaitement égal. Rien d'autre n'avait d'importance pour elle que de retrouver Aidan, ni le voyage ni l'épuisement. Elle se plia de bonne grâce aux formalités de sécurité. Son esprit était ailleurs. Elle n'était même pas capable de dire à côté de qui elle s'était trouvée dans le premier avion, ni quelle avait été la durée de la correspondance à Londres. Tout cela ne comptait pas.

Elle attendait de revoir ses yeux, d'entendre sa voix. Parfois, une douleur sourde montait en elle, une crainte aussi irrationnelle que son enthousiasme. Après tout, Aidan ignorait tout de ses sentiments. Peut-être ne les partageait-il pas ? Valentina avait accompli son périple affectif seule. Elle n'avait pris pleinement conscience de son coup de foudre qu'à son retour à Rome. Elle s'était alors sentie submergée par un sentiment inconnu. Mais qu'en était-il d'Aidan ?

Ce doute la tenaillait. Rien qu'à imaginer qu'il puisse ne rien ressentir pour elle, Valentina se sentait prête à basculer dans un gouffre sans fond. Mentalement, elle réécoutait toutes leurs conversations. Elle revivait les moments partagés, essayant d'y déceler les indices d'un attachement, ou tout au moins d'une inclination. McKillin était-il toujours aussi charmant avec tout le monde, ou avait-il été particulièrement séduit ? Si Valentina avait été moins spontanée, si elle avait été une chargée d'audit plus classique et ne s'en était tenue qu'à l'examen de sa comptabilité, aurait-il fait preuve de la même courtoisie, du même empressement ? Elle se plaisait à croire que non. Sans le savoir, Oliviero Vecchi lui avait offert une chance incroyable : celle d'aller confronter ce qu'elle éprouvait à la réalité, de revoir l'homme vers lequel convergeaient toutes ses pensées, sous couvert d'un alibi officiel qui ne l'obligeait pas à se dévoiler. Valentina retournait en Écosse parce qu'elle était en mission pour sa compagnie. Au fond d'elle-même, la jeune femme savait qu'elle revenait à la poursuite d'un rêve. Elle n'avait que deux jours pour observer, écouter et s'efforcer de découvrir si ses propres sentiments étaient aussi enflammés qu'elle le ressentait et si Aidan risquait un jour de les partager. Cet espoir lui donnait des ailes et la faisait trembler.

Dans un anglais un peu haché, l'hôtesse annonça la descente sur Glasgow. Dans moins d'une demi-heure, Valentina se trouverait dans le hall de l'aéroport. Parce qu'elle ne voulait pas montrer trop d'empressement, elle avait laissé à Eva le soin d'organiser son voyage. Il fallait rester professionnelle, conserver les apparences. Sans doute serait-ce Aidan qui viendrait la chercher, comme la première fois. Elle l'espérait, brûlait d'impatience. Que porterait-il ? Quels seraient ses premiers mots, son premier regard ?

La jeune femme essaya de se calmer. Elle venait d'abord pour clarifier un dossier complexe et pourtant, elle ne songeait qu'à ce qui bouleversait sa vie privée. Tous les autres problèmes, tous les autres risques étaient sans importance. Seul comptait son retour en Écosse. En Italie, loin derrière elle, elle avait laissé la menace des ennuis, des jugements et des affrontements qui ne manqueraient pas de survenir. Sa mère serait furieuse, tout comme la moitié de sa famille. Instinctivement, Valentina comptait sur le soutien de son père et la bienveillante neutralité de son frère. Elle n'avait aucune idée de la façon dont allait réagir Stefano. Serait-il seulement blessé dans son orgueil, ou réellement malheureux ? Valentina ne voulait pas lui faire de peine, mais elle ne voulait pas non plus rater sa vie pour respecter une promesse trop vite faite.

Lorsque les roues de l'avion touchèrent le tarmac, le cœur de Valentina se mit à battre encore plus fort. Le moment qu'elle attendait depuis des heures approchait. Elle était dans un état d'excitation très inhabituel pour elle. Dès que l'appareil s'immobilisa, les premiers passagers se levèrent. Elle s'obligea à rester assise. Elle ne devait pas se précipiter. Rien, dans son comportement, ne devait trahir son sentiment. Il ne fallait pas qu'Aidan devine l'importance exceptionnelle que prenait ce simple voyage d'affaires…

En remontant les couloirs de l'aérogare, Valentina respirait comme elle l'avait appris lorsque, adolescente, elle pratiquait la natation. Juste avant les compétitions, pour gérer le stress, leur entraîneur leur avait enseigné une série d'exercices respiratoires. Elle ne les avait jamais appliqués avec autant de conviction.

Cette fois, Valentina n'avait pas de bagage à récupérer. Pour deux jours, même en ayant prévu large, ce dont elle avait besoin tenait dans un sac de voyage qu'elle avait gardé en cabine. Jamais elle n'avait passé autant de temps à préparer ses affaires. Pour chaque vêtement, elle avait hésité, se demandant s'il n'était pas trop sexy, ou trop sage, trop habillé ou trop décontracté, le mettant dans le sac pour le retirer trois secondes plus tard, le comparer à d'autres, le remettre…

Les portes automatiques s'ouvrirent devant les premiers passagers. Bientôt, elle allait déboucher dans le hall, exactement là où elle l'avait découvert pour la première fois. Elle ralentit le pas, retardant une ultime fois le moment. Elle distinguait des gens en train d'attendre. Ses yeux parcoururent avidement les silhouettes imprécises, cherchant à repérer celle d'Aidan. Elle était sans doute trop loin.

Elle franchit les portes. Elle s'arrêta pour mieux étudier chacune des personnes qui attendaient, s'attarda sur celles qui se trouvaient au second plan. Aidan n'était pas là. Peut-être était-il en retard, ou simplement en train de garer son vieux Land Rover ?

Soudain, elle repéra un individu tenant un carton sur lequel était écrit « Eccezionale » en grosses lettres tracées malhabilement au marqueur noir. Un instant, Valentina se dit qu'un autre employé du grand groupe devait lui aussi avoir rendez-vous à Glasgow. L'homme à la pancarte était quelconque, sans âge, et légèrement voûté. Elle hésita, vérifia encore une fois qu'Aidan n'était pas dans les parages. Autour d'elle, les gens se retrouvaient, le hall des arrivées se vidait à vue d'œil. Bientôt, il ne resta plus qu'une dizaine de personnes. L'homme au panneau était toujours là. Il ne semblait ni inquiet ni impatient. Valentina sentit une profonde tristesse l'envahir. Après tout, elle s'était peut-être fait des idées. McKillin était venu la première fois parce qu'elle représentait son actionnaire principal, mais maintenant qu'il était rassuré et qu'elle s'était montrée positive pour son entreprise, il n'avait plus à faire d'effort… Elle se secoua. Elle était trop pessimiste et au fond, refusait d'y croire. Cela ne lui ressemblait pas.

Valentina s'approcha de l'inconnu au panneau.

— Bonjour. Vous venez de la part de McKillin & Son ?

— C'est ça, grommela l'homme avec un tel accent qu'il en était presque incompréhensible. Je dois vous conduire à Oban.

L'individu bourru tourna les talons et prit le chemin du parking sans même s'assurer qu'elle lui avait emboîté le pas. Valentina portait son sac – il n'eut pas la galanterie de proposer de le lui prendre. Elle le suivait, mesurant l'écart entre tout ce qu'elle avait pu imaginer pour son retour et la réalité des choses.

Au volant, l'homme ne se montra pas bavard. Par moments, il devait même lui arriver d'oublier qu'il n'était pas seul, car il se mettait à siffloter. À l'arrière de la voiture, Valentina, la tête tournée vers la vitre, plongée dans des pensées maussades, avait tout le loisir de retrouver les paysages qui l'avaient tant charmée à sa première visite. En les redécouvrant, elle se souvenait des premiers mots qu'elle avait échangés avec Aidan.

Le ciel bas et lourd semblait peser sur les collines et assombrir le décor autant que son moral. Le soleil n'apparaissait que de temps à autre, sous la forme d'un disque blanc à travers la couche nuageuse. Il ne pleuvait pas encore, mais cela pouvait changer d'une seconde à l'autre.

— Il fait moins froid qu'il y a quelques jours, fit remarquer Valentina.

Elle n'attendait rien d'une conversation, sinon se sentir moins seule et arrêter de penser à l'absence de McKillin.

L'homme grogna quelques mots que Valentina ne comprit pas.

— Vous travaillez à la fabrique ? insista la jeune femme.

L'individu hocha la tête et finit par accepter à contrecœur de répondre.

— Je m'occupe de l'entretien des machines, dit-il d'une voix râpeuse. Je graisse, je retends les courroies. Quand les autres bossent, je donne un coup de main au stock de laine. Et tous les soirs, quand tout le monde est parti, j'inspecte les machines. Et vous, ajouta-t-il sur un ton vindicatif, vous venez pour vendre la fabrique et nous mettre dehors, pas vrai ?

Valentina écarquilla les yeux de surprise.

— Qui vous a dit ça ?

— J'ai entendu Mme Sarah en parler à une tricoteuse.

— Mais absolument pas ! se défendit-elle, choquée. Je suis chez vous pour chercher une solution qui soit bonne pour tout le monde.

— Ça veut dire qu'on ne sera pas virés ?

— J'espère bien que non ! s'exclama Valentina, sidérée. Il n'en a jamais été question !

Dans le rétroviseur, l'homme lui jeta un coup d'œil sceptique. Mais pourquoi Sarah répandait-elle ces rumeurs alarmistes ?

Refroidie par cet échange, Valentina préféra demeurer silencieuse le reste du trajet. Elle ne savait plus que penser. Entre l'attente fébrile qui avait précédé son arrivée, la déception de ne pas découvrir Aidan à l'aéroport, ses espoirs et ce que venait de lui dire l'homme, elle ne savait plus du tout à quoi s'attendre. C'était peut-être ça, la fameuse « douche écossaise »...

30

Lorsque la voiture pénétra dans la cour de McKillin & Son, l'homme klaxonna deux fois. Le Land Rover d'Aidan était là. Lui-même apparut à l'entrée d'une des annexes de l'atelier. Il avait les manches retroussées et les épaules couvertes de poussière grise. À grands pas, il se précipita vers la portière de Valentina, qu'il ouvrit avec un sourire éclatant.

— Je suis désolé, s'excusa-t-il sans attendre. J'aurais voulu venir vous chercher moi-même, mais un voisin a eu besoin de moi pour un accident – heureusement sans gravité. Mais Harry a dû vous expliquer…

En constatant la mine surprise de Valentina, McKillin se tourna vers l'homme.

— Harry, ne me dis pas que tu as oublié…

L'homme leva les mains dans un vague simulacre d'excuse, mais il n'avait pas l'air de se sentir plus coupable que cela. Aidan grogna.

— Je regrette, vraiment, insista-t-il à l'intention de Valentina. Je me faisais une joie d'aller vous chercher.

Valentina sentit son cœur fondre. À nouveau, il lui parlait avec cette chaleur, cette voix dont elle avait rêvé ; à nouveau il avait ce regard qui semblait tout comprendre d'elle. En un instant, toutes ses inquiétudes, tous ses doutes furent balayés. Elle se sentit chanceler.

— Eh bien, s'étonna Aidan, vous avez décidé de ne plus me parler pour me punir ?

Valentina, à nouveau maîtresse d'elle-même, sourit et se hâta de lui tendre la main pour le saluer enfin.

— Non, répondit-elle sur un ton pressant, bien sûr que non.

Harry, le « chauffeur », était déjà loin. Il n'avait pas dit au revoir et ne s'était même pas excusé d'avoir oublié de transmettre le message. McKillin le désigna d'un mouvement du menton.

— Il ne faut pas lui en vouloir, dit-il. Ce n'est pas un mauvais bougre, mais hormis veiller sur les machines, il n'est pas bon à grand-chose.

Un souffle de vent venu de la côte leur apporta des effluves salés. Valentina huma l'air si fort qu'elle en ferma les yeux. McKillin entendit son soupir de contentement et hocha la tête, approbateur.

— Je vous ai réservé la même chambre dans le même hôtel. Ça ira ?

— C'est parfait.

— Alors, vous repartez dimanche matin ?

— Oui. Je dois être au bureau lundi. Ma direction m'a fixé ce délai pour trouver une solution.

— Sinon ?

— Rien d'expéditif n'est prévu, ne vous inquiétez pas.

— Je ne suis pas inquiet, répondit simplement Aidan. J'ai confiance en vous.

Leurs yeux se croisèrent. McKillin se détourna le premier.

— Je vais vous déposer à votre hôtel, dit-il, changeant de sujet. Tous ces voyages ont dû vous fatiguer.

— En fait, lui avoua Valentina, je suis assez contente d'être revenue. Je ne m'y attendais pas.

McKillin la regarda avec une expression indéchiffrable et se contenta de sourire poliment. Valentina savait que, déjà, le compte à rebours avant son départ était lancé. Elle n'avait que quarante-huit heures pour faire le tour de l'entreprise et de ses sentiments. Elle allait devoir forcer le destin.

31

Valentina n'en revenait pas elle-même. Comment avait-elle pu oser ? Sous prétexte d'étudier le plus de documents possible, elle avait convaincu McKillin de passer à l'hôtel le soir même avec les bilans des dix dernières années.

Il était arrivé à 21 h 03 – elle tournait comme un ours en cage en l'attendant et avait l'œil fixé sur sa montre –, les bras chargés d'un carton rempli de dossiers. Il s'était changé et portait une chemise propre. Valentina était presque certaine qu'elle était neuve, les plis étaient encore très marqués.

La patronne de l'hôtel les avait installés dans la salle des petits déjeuners, déserte à cette heure. La pièce donnait sur la baie, d'un noir d'encre ; les lumières de la ville dessinaient deux croissants enserrant l'eau, qui résistaient vaillamment à l'obscurité, révélant çà et là les maisons ramassées les unes contre les autres, comme pour se communiquer leur chaleur. Bien que confortablement assise dans la tiédeur de la pièce, Valentina frissonna. Le printemps romain lui semblait soudain appartenir à un autre monde. Son regard fit le tour de la salle. Chaque table était recouverte d'une nappe brodée de chardons – l'emblème de l'Écosse – et décorée d'un petit bouquet de bruyère séchée dans des tons rose et blanc. La lueur des néons rendait l'endroit blafard, mais au moins, il faisait chaud.

Installé face à elle, McKillin tirait méthodiquement ses documents de son carton et les empilait devant lui. Il prenait l'affaire très au sérieux. Du fond de la boîte, il extirpa une dizaine de petits carnets noirs où, depuis qu'il avait repris l'affaire, il consignait les ventes et la production de la fabrique. À l'ancienne : papier, stylo et colonnes de chiffres. Pas d'ordinateur chez McKillin & Son. Cela n'avait rien de surprenant.

Valentina le regardait faire, à la fois heureuse et terrifiée. Elle était ravie de se retrouver seule avec lui, même si le motif qu'elle avait trouvé était quelque peu usurpé. Elle n'avait aucune question précise à lui poser. Bien sûr, pour son rapport, elle devait collecter certains renseignements, mais rien qui justifie d'éplucher la totalité de la comptabilité depuis des lustres à une heure pareille. Qu'allait-elle bien pouvoir lui demander pour crédibiliser ce rendez-vous tardif ?

La jeune femme prit son temps pour s'installer. Elle ouvrit son ordinateur, étala ses surligneurs, son bloc et une calculatrice. Elle feuilleta ses notes et les éléments transmis par les services d'évaluation d'Eccezionale. Avec une attention exagérée, elle fronçait les sourcils en naviguant entre les pages, feignant de chercher quelque donnée vitale. Elle pianotait sur son clavier pour afficher des fichiers dont elle n'avait aucun besoin. Plongée dans ses dossiers, elle ne voulait surtout pas affronter le regard de McKillin, de peur qu'il n'y lise trop de choses et découvre sa supercherie.

— Commençons par le début, dit-elle en prenant un ton docte. Comment a évolué votre production sur les dix dernières années ?

Consciencieusement, McKillin s'empara de ses carnets et les ouvrit les uns après les autres, en notant une suite de chiffres sur son bloc-notes.

Valentina était contente d'elle. Pour sa première question, elle s'en était bien tirée. Non seulement sa demande était plausible, mais en plus, McKillin allait mettre un certain temps à y répondre, ce qui lui laissait le répit de chercher sa question suivante.

Il releva soudain les yeux et croisa le regard de Valentina.

— Vous avez absolument besoin de ces réponses ce soir ? demanda-t-il. Parce que sinon, vous pouvez me donner la liste de vos questions et je vous prépare tout ça pour demain. Comme ça, vous pourriez au moins vous reposer du voyage.

Qu'allait-elle bien pouvoir trouver pour s'en sortir ? Elle fit mine de réfléchir.

— Ces réponses peuvent sûrement attendre. Mais je préfère être avec vous au cas où mes questions ne seraient pas claires. Je peux même vous aider à chercher. Et puis, comme ça, on ne perd pas de temps et j'évite de vous accaparer dans la journée pendant que la fabrique a besoin de vous.

McKillin opina et désigna la calculatrice :

— Je peux vous l'emprunter ? Ce sera plus facile pour la conversion. Tous nos comptes sont en livres sterling...

Valentina s'empressa de la lui tendre en souriant. Il reprit son calcul. Dès qu'il eut baissé les yeux, elle souffla. Jusque-là, ça allait. En regardant la feuille qu'elle avait prise pour se donner contenance, elle s'aperçut qu'elle la tenait à l'envers...

Pendant près d'une heure et demie, les questions plus ou moins utiles se succédèrent. Valentina peinait à soutenir le rythme. Certaines étaient même carrément saugrenues. Malgré l'heure tardive, McKillin y répondait de bonne grâce. Sur le bloc de la jeune femme, des notes s'accumulaient sans réelle logique, mais elle avait fini par devenir maîtresse dans l'art de l'investigation, et chacune de ses interventions lançait McKillin dans de longues recherches.

Il se référait alors à la masse de documents qui ne lui étaient visiblement pas familiers, et Valentina pouvait se consacrer discrètement à la seule chose qui l'intéressait vraiment : l'observer.

Comme une voleuse, elle épiait le moindre de ses mouvements. Du coin de l'œil, elle suivait ses mains, elle parcourait la courbe de ses épaules, elle détaillait ses bras, son torse. Elle étudiait son visage à la dérobée, craignant qu'il ne la perce instantanément à jour s'il la surprenait.

À force, elle finissait par connaître ses gestes, le rythme de sa respiration, sa façon de plisser légèrement les yeux quand il se concentrait, la crispation de la commissure droite de ses lèvres quand quelque chose le contrariait, sa manière de saisir son stylo. McKillin avait une écriture bien formée, régulière et lisible. Ses majuscules avaient de l'ampleur, les lettres étaient plutôt serrées, denses. Valentina aimait particulièrement lorsque, pour réfléchir, il appuyait son cou au creux d'une de ses mains. Ses longs doigts en berceau épousaient parfaitement la forme de sa gorge et de sa nuque, l'extrémité des phalanges venant se poser contre les cheveux plus fins et bouclés du bas de son crâne. La jeune femme se demanda ce qu'elle aurait préféré : que ses propres doigts soient sur sa gorge, ou que la main d'Aidan soit posée sur elle…

Valentina se mordit les lèvres et cligna des yeux pour chasser la chaleur qui l'avait envahie à cette pensée. Elle était captivée par chacun des détails du comportement de McKillin. Elle le couvait littéralement du regard. De son visage baissé pour compulser ses documents ou écrire, elle ne voyait que l'arête du nez, bien droite, les longs cils, le front, et ses cheveux courts dont l'implantation dessinait un tourbillon vers l'arrière. Ce qu'elle aimait par-dessus tout en lui, c'était ce mélange de puissance et de douceur. D'un homme de sa carrure et de son mode de vie, on aurait pu s'attendre à des gestes plus rudes, presque brutaux. Il n'en était rien. McKillin contrôlait sa force et l'utilisait toujours de façon adaptée.

À deux reprises, il releva inopinément les yeux et croisa le regard de Valentina. La jeune femme tressaillit, priant pour qu'il ne remarque rien. Elle se concentra avec une application renouvelée sur les papiers épars devant elle. Elle se consacrait de toutes ses forces à écrire, couvrant d'annotations et de commentaires les documents comptables.

Ils travaillèrent ainsi pendant près de trois heures. Il était près de minuit, Valentina sentait la fatigue la gagner, et même si elle aurait aimé prolonger indéfiniment ces instants où elle pouvait rester auprès de lui, elle avait du mal à réfléchir.

Malgré toute la bonne volonté de McKillin, certaines questions étaient restées sans réponse. Elle en était plutôt contente : ils allaient pouvoir prévoir une nouvelle séance de travail à deux. Valentina referma ses dossiers et proposa qu'ils se retrouvent le lendemain soir, mais McKillin déclina.

— Demain, c'est vendredi, argumenta-t-il. Sarah travaille et elle aura tout le temps de chercher les renseignements dont vous avez besoin. Inutile de nous gâcher la soirée. Et puis, samedi, la fabrique est fermée et je n'ai aucune contrainte. Nous pourrons pointer le dossier ensemble.

Valentina acquiesça, un peu déçue, mais Aidan ne la laissa pas se désoler longtemps.

— Pour demain soir, avança-t-il sur un ton plus hésitant, j'avais plutôt prévu de vous inviter à dîner…

Emportée par un enthousiasme très spontané, Valentina ne fit pas preuve de la réserve qu'elle s'était pourtant fixée comme ligne de conduite. Elle laissa échapper un petit cri de joie et joignit les mains.

— J'imagine que cela signifie que vous acceptez, dit McKillin en levant un sourcil amusé.

Valentina baissa les yeux, confuse. Mais au-delà de son embarras, elle était surtout ravie de l'avoir vu si timide lorsqu'il l'avait invitée…

32

Le bruit était assourdissant. Régulièrement, en fonction des rythmes clinquants des différentes machines, le vacarme semblait s'adoucir pour remonter aussitôt en puissance. Dans l'atelier de confection, Valentina allait de poste en poste, observant les gestes mille fois répétés des opératrices. Elle se pencha pour tenter de discerner les différentes aiguilles parfaitement alignées d'une tricoteuse mécanique qui élaborait une manche. À l'étape finale, les ouvrières chargées du remaillage, très concentrées, assemblaient avec une dextérité impressionnante les manches aux panneaux avant, cousaient les cols aux panneaux arrière, ou les empiècements de cuir souple aux coudes, sous l'œil vigilant d'une collaboratrice qui veillait à la qualité et redressait les éventuels défauts. Pour terminer, la jeune femme regarda les pulls achevés tournoyer dans les grosses machines à laver à sec.

Depuis le début de la journée, Valentina analysait chaque phase de la fabrication. Même si cela ne servait pas directement sa mission, elle était très intéressée.

Elle n'avait dormi que quelques heures. Avant de trouver le sommeil, elle avait repassé dans sa tête la soirée, ses questions étranges, les regards d'Aidan. Paradoxalement, Valentina n'avait absolument pas pensé à l'Italie ni à tout ce qui avait été sa vie jusque-là et l'attendait là-bas. Elle était tout entière immergée dans l'instant, sans mémoire, comme protégée du passé par une bulle invisible, comme si sa vie n'avait véritablement débuté que quelques jours plus tôt.

La fatigue ne l'empêchait pas d'être attentive à tout ce qui l'entourait. Dans l'atelier, beaucoup d'ouvrières – il y avait surtout des femmes – se demandaient qui était cette jeune femme qui décortiquait tout en prenant des notes. À l'arrivée des employés, McKillin avait pourtant présenté Valentina comme la représentante de l'actionnaire principal en mission d'étude, mais cela n'avait fait qu'attiser les rumeurs.

Valentina n'aimait pas les regards qu'elle rencontrait. Elle y lisait la suspicion, la méfiance. Entre deux machines, on la dévisageait à la sauvette. Elle s'efforçait de faire bonne contenance.

Dans le bruit ambiant, la voix de Sarah McKillin qui l'appelait la fit sursauter. Valentina fit volte-face et tomba nez à nez avec elle. Sans même un sourire, celle-ci attaqua :

— Je travaille sur votre liste de questions. Je me demande bien à quoi cela va pouvoir vous servir, mais je m'efforce d'y répondre. Certaines demandes me paraissent obscures, ajouta-t-elle avec un reniflement dubitatif. Ici, il y a trop de bruit pour en discuter. Pouvez-vous me suivre au bureau ?

Valentina acquiesça et sortit derrière elle. Elle éprouvait une légère appréhension, due autant à l'attitude de Sarah qu'au genre de confrontation qui l'attendait, mais elle devait au moins admettre que ses propos étaient professionnels, à défaut d'être courtois.

Le vent affola les cheveux de Valentina quand elle se retrouva à l'extérieur. Elle aimait cette sensation. Devant elle, Sarah ouvrait la marche d'un pas décidé, sa tresse se balançant au rythme saccadé de ses pas. Valentina songea que si cette femme avait eu des manières plus gracieuses, elle aurait pu être très attirante. Mais elle arborait en permanence une attitude raide, inflexible. On la sentait toujours prête à bondir.

Les deux jeunes femmes pénétrèrent dans la maison de Sarah, accolée aux réserves de la fabrique. Le couloir de l'entrée était sombre et peu accueillant. Deux paires de chaussures aux semelles boueuses étaient posées au pied d'un vieux radiateur en fonte, dont la tablette supportait un petit bouquet de fleurs séchées qui devait remonter au moins à deux ou trois étés. Il n'y avait pas grand-chose aux murs, sinon un calendrier et un sous-verre présentant les différentes espèces de champignons des îles Britanniques.

Le bureau de Sarah était situé tout de suite à droite. La pièce était austère, à l'image de sa propriétaire. Sur sa table de travail, tout était en ordre parfait, aucun document ne traînait. Deux stylos et un crayon à papier étaient précisément alignés au-dessus d'un sous-main. Contre le mur, des meubles de classement hauts et étroits bien fermés. Valentina eut nettement l'impression que tout avait été soigneusement rangé pour ne laisser aucun indice à la portée du visiteur. Seul rayon de soleil : face au bureau, avait été punaisé un grand poster d'une île paradisiaque avec plage de sable blanc et palmiers langoureusement inclinés sur une eau cristalline.

Aucun objet personnel n'était en vue. Valentina chercha en vain la moindre photo du défunt mari. S'installant derrière son bureau, Sarah désigna la chaise face à elle.

— Asseyez-vous.

Valentina prit place.

— Je préfère mettre les choses au point dès le départ, annonça d'emblée Sarah. Je fais ces recherches parce que mon frère me l'a demandé. Nous ne vous connaissons pas, ni vous ni votre multinationale. Je n'apprécie pas que vous débarquiez pour mettre le nez dans nos affaires.

— Je m'en suis rendu compte et je peux le comprendre…

— Non, je ne crois pas, la coupa son interlocutrice. Vous êtes ici pour nous « évaluer ». Et puis vous déciderez quoi faire de nous. N'oubliez pas que des dizaines de familles, pas seulement la nôtre, vivent de l'activité de cet atelier. Nos clients sont tous satisfaits de ce que nous leur vendons. Nous n'avons rien à nous reprocher. Nous sommes peut-être minuscules, mais je peux vous assurer que nous ne nous laisserons pas faire. Nous nous battrons pour continuer d'exister. Ne comptez pas sur nous pour engraisser un fonds de pension américain ou italien. Rome est à des milliers de kilomètres d'ici. Vous avez vos méthodes, nous avons les nôtres. J'aimerais que…

Valentina leva les mains pour arrêter le déluge de préjugés.

— Il n'a jamais été question de tout cela, assura-t-elle avec fermeté. Je ne suis ici ni pour vous brader, ni pour vous couler. Au contraire, je suis venue étudier votre entreprise pour trouver une solution acceptable.

— Joli discours, mais je me méfie de ce qu'il peut cacher.

La réflexion était tombée, sèche, glaciale.

— Écoutez, tenta Valentina, vous ne me facilitez pas le travail.

— Je ne suis pas là pour ça. Mon frère s'en charge très bien…

Valentina fut d'abord abasourdie par la perfidie de l'allusion. Elle aurait voulu pouvoir répliquer, trouver une parade qui fasse mouche, mais Sarah McKillin ne lui en laissa pas le temps.

— Si je me réfère à votre liste de questions, enchaîna-t-elle, je vois : « La laine utilisée pour vos produits satisfait-elle aux normes les plus exigeantes d'hygiène ? »

Sarah releva les yeux et fixa Valentina sévèrement.

— Vous nous prenez pour qui ? demanda-t-elle sur un ton qui n'était plus froid, mais empli d'une sourde colère. Vous croyez que parce que nous vivons dans une petite ville, dans une région qui n'est pas défigurée par les autoroutes et les usines, nous ne savons pas ce que c'est que d'être propres ?

Pendant une fraction de seconde, Valentina crut qu'elle allait se mettre à hurler. Elle ne supportait plus l'agressivité constante de Sarah, son agaçante propension à tout interpréter de travers. Elle réussit tant bien que mal à se contenir.

— Ce n'est pas du tout ce que j'ai voulu dire, répliqua-t-elle avec un calme qui la surprit elle-même. Pour commercialiser des vêtements, notamment dans les pays de l'Union européenne et aux États-Unis, la laine doit présenter des caractéristiques physiques et bactériologiques que seuls certains traitements chimiques peuvent garantir. Vous le savez fort bien, j'en suis sûre. Ma question est d'ordre purement technique. Quels traitements appliquez-vous à la laine brute avant de la filer ? Il n'y a là aucune matière à vous vexer, c'est juste un point de définition classique du produit.

Sarah grommela et répondit :

— Elle est lavée, séchée au vent et peignée mécaniquement.

Valentina décida de jouer son rôle à fond.

— Qu'entendez-vous par « lavée » ? Quel type de détergent utilisez-vous ? Employez-vous des produits de nettoyage à sec, des savons spécifiques ? Si oui, lesquels ? Vous trouvez peut-être ma question stupide, mais elle est essentielle. Si vous aviez une petite idée du marché global et de la façon dont ça se passe à l'international, vous sauriez que, pour vous aider, j'ai besoin de réponses précises, pas d'approximations.

Sarah, vexée, fit brutalement pivoter sa chaise vers un meuble de classement et l'ouvrit d'un geste rageur. Face à l'empilement de dossiers, elle resta un instant désorientée, puis en saisit un. Valentina savourait le fait d'avoir enfin pris le dessus.

Sans douceur, Sarah McKillin posa le dossier sur son bureau et l'ouvrit. Elle parcourut les pages, à première vue des factures pour des achats de laine. Au fur et à mesure qu'elle tournait les feuillets, la mine de Sarah s'assombrissait. Ce signe n'avait pas échappé à Valentina, qui décida néanmoins de rester silencieuse pour ne pas l'accabler.

Après quelques minutes, Sarah se redressa et, la mort dans l'âme, concéda :

— Je n'ai pas la réponse à votre question. Je vais demander à nos fournisseurs. Vous aurez les données précises avant votre départ.

Cet étrange rendez-vous, qui tenait plus de la passe d'armes que de la réunion de travail, dura jusqu'au déjeuner. Le match entre les deux jeunes femmes se termina sur une douloureuse égalité. Parfois, Valentina avait peiné à justifier les questions posées à Aidan, et en quelques occasions, Sarah s'était fait prendre à son propre jeu de donneuse de leçons.

Lorsque, enfin, Valentina se leva pour sortir, elle n'avait qu'une envie : prendre l'air, échapper à cette atmosphère étouffante. Elle regrettait l'hostilité affichée de Sarah, mais puisque rien ne semblait devoir évoluer en dépit de ses nombreuses tentatives, elle était décidée à s'accommoder de ce climat de guerre larvée.

Sarah la raccompagna. Il aurait pu s'agir d'un élan de politesse, mais le regard sombre de son hôtesse laissait craindre autre chose.

Sarah lui ouvrit la porte et la laissa sortir sur le perron.

— Merci d'avoir pris le temps de chercher, dit la jeune Italienne.

— Je me devais de le faire… Vous pouvez compter sur moi pour être professionnelle. Par contre, sur un plan plus personnel, je vais me permettre d'être franche.

Valentina se retourna pour lui faire face.

— Si vous croyez que je suis dupe de votre petit jeu, cracha Sarah, vous vous trompez. Arrêtez de tourner autour de mon frère.

Elle lui claqua la porte au nez avant même que Valentina ait pu réagir.

33

— Ici, franchement, si vous devez ne goûter qu'un plat, conseilla McKillin, choisissez l'agneau à l'écossaise.

— Va pour l'agneau.

— Vous verrez, la sauce au whisky change tout.

Aidan fit signe à la serveuse qui, du comptoir, ne l'avait pas lâché des yeux. À peine eut-il levé la main qu'elle était déjà collée à lui. Il aurait pu murmurer la commande qu'elle l'aurait sûrement entendue. Elle était blonde avec des mèches, plutôt jolie. Sa jupe courte et son top moulant décolleté laissaient peu de place à l'imagination.

L'ambiance de ce restaurant était assez différente de celui où avait eu lieu leur premier dîner. C'était beaucoup plus touristique, avec mannequin en kilt à l'entrée et cornemuse en musique de fond. Les murs recouverts de bois sombre étaient ornés des trophées des clubs sportifs du coin.

— Deux agneaux à l'écossaise, s'il vous plaît.

— Vous prenez la même chose tous les deux ? insista la serveuse. Comme c'est romantique...

— Mettez-nous aussi une bouteille de vin rouge, un bordeaux français, peut-être.

— D'accord.

Quand elle eut terminé de noter, la serveuse lui fit un clin d'œil appuyé et s'éloigna avec une démarche qui ne laissa insensible aucun des mâles de la salle.

— Elle s'appelle Dorothy, expliqua Aidan. Elle est comme ça avec tous les célibataires des environs.

— Elle ne devrait pas le rester longtemps...

— C'est ce que tout le monde dit, et pourtant cela fait dix ans qu'elle tente sa chance sans succès. Apparemment, personne n'est décidé à se dévouer.

— Espérons pour elle que son tour viendra vite.

McKillin jeta un œil à la salle, puis revint à Valentina.

— J'ai su que ce matin vous aviez travaillé avec Sarah. J'espère qu'elle ne vous en a pas trop fait voir.

— Disons que je m'en suis sortie vivante.

Aidan sourit.

— Ma sœur a un sacré caractère, concéda-t-il. Parfois, je me demande si rester dans cette maison, là où elle a vécu avec Todd, n'est pas une mauvaise idée. Cela doit peser lourd.

— Je le crois volontiers. Perdre son mari a dû être une dure épreuve.

— Un vrai drame. Cela fera quatre ans en juin. Ils s'entendaient bien. Ils parlaient d'avoir un enfant. Todd me donnait un coup de main chez les éleveurs. Tout marchait comme sur des roulettes et puis un soir, il est parti rejoindre des copains pour une virée à Fort William. En rentrant, il a loupé un virage. On l'a retrouvé le lendemain matin. Pour Sarah, le choc a été terrible. Les premiers temps, on l'a beaucoup soutenue, puis on a été quelques-uns à lui parler de refaire sa vie, mais elle ne voulait rien savoir. Elle s'est refermée sur elle-même. Depuis, elle fait payer sa douleur au monde entier. J'ai du mal à lui en vouloir, mais ça ne rend pas la cohabitation plus simple pour autant…

Il eut un petit haussement d'épaules et secoua la tête en soupirant.

— Je ne sais pas pourquoi je vous ennuie avec tout ça.

— Vous ne m'ennuyez pas. Je la comprends.

— Elle a dû vous en faire baver, elle ne sait pas fonctionner autrement…

— C'est sans importance.

La pimpante serveuse revint avec la bouteille de vin et les plats. Elle les servit avec des gestes maniérés qui se voulaient élégants. McKillin la remercia. Elle donnait l'impression de vouloir qu'il lui fasse un brin de causette, mais Aidan se tourna ostensiblement vers Valentina et demanda :

— Et en Italie, quoi de neuf ?

La serveuse tourna les talons.

— Votre dossier n'étant pas complet, aucune décision n'a encore été prise au siège. Sinon je vous en aurais averti.

— Pardonnez-moi, mais ma question maladroite était d'ordre plus... personnel.

L'entrée en matière était pour le moins franche. Valentina eut un petit froncement de nez avant de répondre :

— Eh bien, disons qu'il n'y a pas grand-chose de nouveau.

— Votre ami n'était pas trop contrarié de vous voir repartir ?

— Il est lui-même souvent absent.

Un silence gêné s'installa entre eux. McKillin comprit que Valentina ne souhaitait pas s'étendre sur sa vie privée. De son côté, la jeune femme aurait aimé ne pas lui donner cette impression. Mais comment faire ? Soit elle lui parlait de Stefano, et Aidan la considérerait comme déjà engagée, soit elle minimisait son compagnon et elle risquait de passer pour une jeune femme volage.

— Vous repartez après-demain, constata McKillin pour changer de sujet. Ça passe bougrement vite.

— Vous n'imaginez pas à quel point cela me préoccupe.

Même si ce n'était que leur second dîner, Valentina sentait que leur relation était déjà différente. Ils étaient l'un et l'autre plus naturels. Par moments, la jeune femme croyait déceler en lui l'envie d'aborder des sujets plus personnels. Elle n'osait pas franchir le cap la première.

— Comment est votre agneau ? demanda-t-il.

— Délicieux, répondit Valentina, trop heureuse de tenir enfin un sujet neutre. Vous aviez raison, le whisky apporte une saveur particulière. C'est excellent.

Désireuse de rester sur un thème léger, elle désigna la collection de coupes qu'elle avait remarquée en entrant.

— Le sport semble avoir beaucoup d'adeptes ici. À part la pêche au saumon, vous en pratiquez un ?

— Et encore, la pêche, c'est vraiment très sporadique ! Plus jeune, je faisais de l'escalade sur les montagnes qui dominent la ville. J'ai fait pas mal de rugby aussi – j'ai fait partie de l'équipe amateur qui a gagné l'une de ces coupes.

Valentina s'apprêtait à le féliciter, mais il l'arrêta d'un geste en riant :

— Ce jour-là, je n'étais que remplaçant ! Ensuite, j'ai bossé sur les chalutiers. C'était un autre genre d'exercice. Ramener les casiers ou les filets, ça vous fait les bras. C'est là que j'ai gagné ce qui m'a permis d'acheter ma première voiture. En fait, je ne suis pas si sportif que ça. De toute façon, vivre ici, se battre en permanence contre la nature et les éléments, c'est un sport en soi.

— C'est sûr qu'à Rome, vu le monde et la pollution, ceux qui veulent courir le font généralement sur des tapis électriques dans des clubs de gym…

— Pour nous, ce genre de chose, c'est de la science-fiction. Vous venez d'un monde dont j'ignore tout.

Le sourire léger et lumineux qu'eut Aidan à cet instant fit bondir le cœur de Valentina. Elle-même éprouvait un sentiment identique à son égard. Elle trouvait décidément cet homme d'une élégance brute, sereine et chaleureuse. Quelqu'un de franc et d'authentique. Si elle ne devait garder qu'une image d'Aidan McKillin, ce serait celle-là : le visage d'un homme d'une assurance tranquille, libre. Il en émanait quelque chose d'infiniment séduisant. Peut-être était-ce son regard ouvert et attentif, peut-être ses lèvres, les fossettes de son sourire, mais plus sûrement encore, ce qu'il était au fond de lui.

— Et vous n'avez jamais songé à fonder une famille ?

Valentina s'entendit prononcer ces mots sans avoir pu s'en empêcher. Elle aurait voulu disparaître dans un trou de souris tant elle était gênée. Elle détourna les yeux et sentit le rouge lui monter au front. McKillin éclata de rire.

— Je suis désolée, s'excusa-t-elle aussitôt. Je ne voulais pas être indiscrète. Vous ne m'en voulez pas ?

— Pourquoi vous en voudrais-je ? C'est une question que je me pose aussi. À trente-trois ans, beaucoup sont mariés, souvent avec des enfants. Je ne sais pas. Je crois que pour moi, faire ma vie avec quelqu'un n'est pas une question de principe. Je ne me vois pas en couple parce que j'en ai l'âge.

— Entre la fabrique, votre sœur, tous les gens dont vous semblez vous occuper, vous n'avez sans doute pas beaucoup de temps pour vous…

— Vous me demandez si je me sens seul ?

Valentina se sentit une nouvelle fois honteuse de son audace, mais elle hocha la tête. Il prit son temps pour répondre, jouant machinalement avec sa fourchette.

— Oui, parfois. Mais je préfère encore la solitude à l'hypocrisie.

Sa réponse lui fit l'effet d'un coup de poing. Elle but une gorgée de vin, sans en sentir le goût.

— J'aimerais avoir votre courage, soufflat-elle, bouleversée.

— Pourquoi dites-vous cela ?

— Parce que j'ai souvent l'impression d'être une hypocrite.

— Je ne vous ressens pas ainsi. Vous n'êtes pas heureuse avec votre compagnon ?

Cette fois, ce fut Aidan qui se trouva confus.

— Pardon, dit-il. Ma question est déplacée.

— Non, elle ne l'est pas.

Valentina leva la tête et fixa Aidan dans les yeux.

— Vous est-il arrivé d'avoir une relation avec quelqu'un et au bout de quelques mois, de quelques années, de ne plus vous souvenir de la raison pour laquelle vous êtes ensemble ?

— Non, jamais.

— Forcément, vous êtes quelqu'un d'intègre.

— Tellement intègre que mon truc à moi, ce serait plutôt de ne rien commencer de peur que ça ne finisse mal. J'ai toujours craint de m'engager. Résultat : je suis seul.

— Qu'est-ce qui est le plus difficile à vivre ? Stefano et moi nous fréquentons depuis des années. Je n'aime pas sa voiture. Je n'aime pas son appartement, ni ses vêtements. Et je ne comprends rien à son métier. Quand j'étais gamine, j'imaginais mon prince charmant plus grand, plus simple, plus... autrement. Et puis voilà, la semaine dernière, je lui ai promis de l'épouser.

McKillin accusa le coup. S'efforçant de ne rien laisser paraître, il déclara d'un ton neutre :

— La coutume veut que l'on félicite la future mariée en lui souhaitant tout le bonheur possible...

— Soyez gentil, Aidan, épargnez-moi ce cérémonial. Il est assez peu adapté à ma situation. Je n'ai pas envie d'épouser Stefano. Oh, bien sûr, je sais que j'aurais dû y réfléchir plus tôt, mais que voulez-vous...

Pour la première fois, elle osait formuler tout haut ce qu'elle avait au fond du cœur. McKillin ne devait pas soupçonner ce que la scène avait d'ironique pour Valentina. La jeune femme avouait à l'homme dont elle était éprise et qui n'en savait rien qu'elle n'aimait pas celui auquel elle était promise. Une vraie tragédie grecque, jouée par une Italienne en Écosse…

Aidan la regardait avec douceur. Comme les saints sur le fronton de Santa Maria Maggiore, il ne semblait pas la juger mais plutôt la plaindre. « Bon sang, se dit-elle en plongeant son regard dans le sien, pourquoi ne t'ai-je pas rencontré une semaine plus tôt ? Avant que tout ne s'emballe ? »

— Vous semblez souffrir, remarqua-t-il. Vous avez essayé de lui en parler ?

— Je n'en ai pas eu l'occasion, et puis, pour être tout à fait honnête, je n'en ai pas trouvé le courage. Ma mère me voit déjà enceinte, tout le monde nous traite comme un couple. Je subis la pression de mon environnement et je n'ai pas le cran de l'affronter.

— Je vois de quoi vous parlez. Je connais un peu ça aussi. Ici, c'est une petite ville. Si vous voulez mener votre vie sans le poids des qu'en-dira-t-on, il vaut mieux partir.

— Voilà où j'en suis. Je me pose beaucoup de questions.

— Au moins, tant que vous êtes en Écosse, vous pouvez vous évader un peu, penser à autre chose.

— Vous ne croyez pas si bien dire…

Ils continuèrent à parler de leur vie, de leurs regrets et de leurs espoirs. En se confiant, l'un et l'autre semblaient se libérer d'un fardeau. Pourtant, ce soir-là, aucun d'eux ne mettait cette franchise sur le compte du fait qu'ils ne se reverraient plus…

En raccompagnant la jeune femme, Aidan se montra étonnamment hésitant, presque soucieux. Ce n'est qu'arrivé à la porte de l'hôtel qu'il se décida enfin.

— Pour demain, commença-t-il, j'avais pensé…

— Dites-moi.

— Eh bien voilà, c'est un peu cavalier, mais j'avais espéré que je pourrais vous emmener pêcher le saumon. La fabrique sera fermée, on pourra voir les derniers détails du dossier le soir. Et puis vous savez, ce n'est pas vraiment de la pêche, moi, les saumons, je les attrape avec une épuisette. Autant vous dire que je ne fais pas de ravages.

Aidan parlait sans s'interrompre, comme s'il redoutait de s'arrêter, comme s'il avait peur qu'elle ne refuse son invitation.

Valentina lui posa la main sur l'avant-bras. Il se tut enfin et se tourna vers elle, plein d'espoir.

— Emmenez-moi où vous voulez. Allons pêcher, je serai heureuse de découvrir cela avec vous.

Aidan souriait. Plus que jamais.

— Demain matin, disons 8 heures ?

— Avec plaisir.

— Bonne nuit.

— À vous aussi.

Il allait sauter du perron lorsque Valentina le retint par le bras. Spontanément, elle se pencha et l'embrassa sur la joue.

— Merci pour cette soirée, lui souffla-t-elle. Je ne l'oublierai jamais.

Il sembla sur le point de dire quelque chose, mais se ravisa. Il se contenta de sourire. Un sourire qui en disait bien plus long que des mots.

34

La forêt était si dense que sous les branches des grands sapins, on se serait cru en pleine nuit. Le vent sifflait dans les cimes ; pourtant, en marchant, il faisait bon. Le sentier couvert d'aiguilles montait à flanc de montagne, serpentant entre de gros rochers ronds et moussus. Il flottait un parfum de terre et de résine, celui d'une forêt de conte de fées, comme si d'un instant à l'autre, un farfadet pouvait surgir de derrière un tronc. Valentina sourit à cette pensée, et se concentra à nouveau sur le chemin. Certains passages escarpés exigeaient un peu d'agilité sur les arêtes rocheuses.

McKillin ouvrait la marche, se retournant à chaque passage délicat pour l'aider. Il avait tenu à porter tout le matériel. Outre le sac à dos contenant leur pique-nique, il avait à la main une épuisette qui lui servait parfois de canne.

Cela faisait des années que la jeune femme n'avait pas été aussi enthousiasmée par une sortie. Avec Aidan, elle se sentait prête à toutes les aventures. Pour lui décrire la promenade,

McKillin lui avait juste promis de l'emmener « au bout du monde ».

Valentina n'avait plus fait de randonnée depuis son adolescence, quand elle passait ses vacances chez son grand-père, dans les Dolomites, au nord-est de l'Italie.

— Plus haut, il y aura moins d'arbres, expliqua McKillin. La vue sera plus belle, mais le vent soufflera davantage...

Valentina se contenta de hocher la tête pour économiser son souffle. McKillin était visiblement dans son élément. Il semblait à l'affût, ses gestes étaient plus vifs. La nature lui allait bien.

Les sapins se clairsemèrent en effet au cours de la montée. L'herbe reprit du terrain, en grandes touffes ondulant au vent. En quelques dizaines de mètres, le paysage se transforma complètement. De la sombre forêt, les deux promeneurs passèrent à une étendue de verdure haute et grasse, piquée de buissons. Le ciel était magnifique, d'un bleu parfait, le vent plus frais. Sur la pente abrupte, Valentina suivait l'ombre de McKillin, clairement projetée sur l'herbe qui dansait au gré du vent. L'effet était étrange et envoûtant.

La première heure de marche était passée sans que Valentina s'en soit rendu compte.

— Pour une citadine, vous avez la forme, apprécia McKillin. La plupart des filles d'Oban se seraient déjà évanouies.

— Je ne dis pas que cela n'arrivera pas, répondit-elle, les yeux rivés au sol pour ne pas trébucher, mais pour le moment je tiens le coup.

— Maintenant, retournez-vous et regardez, conseilla Aidan en désignant le panorama qui s'étendait à leurs pieds.

Valentina obéit et fut prise de vertige. Ils se trouvaient désormais bien au-dessus des cimes. Le ciel paraissait n'avoir aucune limite. À perte de vue, les collines s'étendaient vers l'horizon, s'évanouissant au loin dans une brume claire. Leurs formes douces se succédaient en vagues couvertes de landes ou de forêts de conifères. Le cœur de Valentina, stimulé par l'effort de la marche, battait vite. Elle n'avait pas l'habitude d'un tel champ de vision, ni d'une telle quiétude. Aussi loin que son regard portait, rien d'humain n'était visible. Aucune construction, pas un pylône, pas une route.

Aidan redescendit de quelques pas pour revenir à son niveau.

— Comment vous sentez-vous ?

— Mieux que depuis longtemps, répondit-elle sans hésiter.

Elle avait les joues rosies par l'exercice et le vent, les yeux brillants.

— Il y a des années que je n'étais pas venu ici, confia Aidan. La dernière fois, Todd était avec moi. Deux amis d'enfance nous accompagnaient. Depuis que nous sommes gamins, nous connaissons le torrent de Foyle, plus haut. C'est l'un des plus mauvais coins de pêche de tout le district, mais au moins, c'est tranquille.

— Pourquoi est-il mauvais ?

— Trop haut en altitude, trop tumultueux. Lorsque je travaillais sur les chalutiers, un vieux marin, James Stockwell, m'a emmené ici un dimanche. Il disait que seuls les saumons les plus costauds arrivaient à remonter si haut. Il y en avait moins, mais ils étaient meilleurs. Évidemment, les pêcheurs de la vallée en prennent plus, mais ils sont les uns sur les autres au bord de l'eau.

— Vous n'êtes pas revenu depuis que Todd a disparu ?

— Non, j'avais peur des souvenirs. C'est ici que Todd m'a annoncé qu'il comptait épouser ma sœur.

Valentina frissonna.

— Nous aurions peut-être dû aller ailleurs.

— Pourquoi ? C'est le plus bel endroit que je connaisse, et le plaisir que j'éprouve à vous y emmener est plus fort que les souvenirs.

Perdus dans leurs pensées, ils restèrent un instant à contempler l'horizon avant de reprendre leur chemin.

Il leur fallut encore presque une heure pour atteindre le but de leur promenade. Plus haut, dans un repli de la montagne, à l'abri du vent, se nichait une étroite vallée. Invisible d'en contrebas, elle cachait une forêt au milieu de laquelle coulait une petite rivière. Le flot peu profond dévalait entre les berges herbeuses. Le lit de galets bosselait la surface de l'eau. Le joyeux clapotis et le bruissement des jeunes feuilles mêlaient leur mélodie à celle du vent. Des oiseaux accompagnaient le cours d'eau de leur chant, en douceur, comme pour ne pas troubler la quiétude du lieu.

Valentina fut subjuguée par ce paysage surgi d'un rêve.

— C'est ma vallée perdue, confia McKillin. Ici, je reviens à l'essentiel, loin du monde et de ses complications.

Valentina descendit le talus, se faufila parmi les bosquets et s'approcha de l'eau. Elle était sous le charme du lieu. Les arbres, pour se protéger du vent, s'étaient développés en largeur plus qu'en hauteur. Leurs troncs noueux, leurs branches inextricables leur donnaient des airs de créatures fantastiques figées au beau milieu d'une danse. La végétation était luxuriante ; beaucoup de petites fleurs blanches, jaunes et roses parsemaient ce décor féerique. Elle leva les yeux vers la silhouette tranquille d'Aidan, qui lui parut parfaitement à sa place, en harmonie avec tout ce qui les entourait.

— Vous avez raison, dit-elle. Ici la vie paraît simple. Tout est bien, l'eau est claire, l'air est pur. Cet endroit donne envie de vivre, d'être soi-même, sans concessions.

McKillin posa son sac à dos au sol.

— C'est un endroit qui donne aussi envie de manger, déclara-t-il, pragmatique. Vous ne trouvez pas ?

— En fait, maintenant que vous en parlez, j'ai une faim de loup...

Ils s'installèrent sur la berge pour pique-niquer. Aidan avait apporté une couverture. Toute proche, l'eau chantait. Valentina s'amusait à y jeter des feuilles deux par deux. McKillin l'observa un moment puis demanda :

— À quoi jouez-vous ?

Elle sourit et lui répondit par une question :

— Est-ce que vous croyez aux signes ?

— Que voulez-vous dire ?

— Regardez. Je choisis toujours une grande feuille et une plus petite. Je les lance ensemble. Je leur fixe un repère, une ligne d'arrivée plus loin dans la rivière. Je parie toujours sur la petite. Si elle gagne, alors mon vœu, ma cause perdue, se réalisera.

— Et quel est le verdict pour aujourd'hui ?

— Je viens de gagner six fois sur huit.

— Je ne vous demande pas quel est votre vœu, ce serait indiscret…

— Il ne faut jamais révéler son souhait, affirma-t-elle, mystérieuse, sans quoi il risque de ne pas se réaliser…

Il lui tendit un sandwich dans lequel elle mordit avec enthousiasme. McKillin avait raison : ici, la vie n'avait plus de poids, l'existence était légère.

Lorsqu'ils se furent restaurés, Aidan entreprit de montrer à Valentina comment attraper un saumon. Il choisit deux gros rochers affleurant à la surface de l'eau et, d'un bond alerte, sauta dessus, muni de son épuisette. Un pied sur chaque, il se campa au-dessus du flot, dos au courant. En posant son index sur ses lèvres, il fit signe à Valentina de faire silence. Lentement, avec des gestes d'expert, il approcha l'épuisette de l'eau et attendit.

Aidan se tenait immobile, comme pétrifié. Il resta ainsi un long moment, puis soudain abattit son outil dans l'eau. Il ressortit aussitôt l'épuisette, mais Valentina ne vit que la queue d'un poisson qui se sauvait de justesse.

— J'ai perdu la main, maugréa Aidan. Si nous comptons sur ma pêche pour le dîner, nous risquons de mourir de faim !

Au-dessus de la montagne, les nuages commençaient à s'accumuler. Pleinement consacrés au moment, ni lui ni elle ne les avaient remarqués. Valentina goûtait son bonheur et Aidan mettait maintenant un point d'honneur à capturer l'un de ces satanés saumons qui faisaient la fierté de son pays.

Ses efforts furent bientôt récompensés. Valentina aperçut dans son regard un éclair qu'elle n'avait jamais vu chez personne. Il lança son épuisette d'un geste preste et la remonta aussitôt. Dans le filet, un beau spécimen se débattait. Valentina se leva d'un bond et s'approcha.

— Il est superbe, admira-t-elle.

— Ce n'est pas le plus gros que j'aie attrapé, mais il n'est pas mal.

Le saumon se tortillait en tous sens, ses écailles argentées lançant des éclairs, sa bouche s'ouvrant désespérément pour aspirer un air qui l'étouffait. Le cœur de Valentina se serra. McKillin remarqua son expression.

— Vous préférez qu'on le relâche ?

Valentina se mordit les lèvres puis acquiesça d'un hochement de tête franc.

— Alors soit, consentit-il avec un soupir solennel. Qu'importe si je m'escrime depuis des heures, qu'importe si j'ai les pieds trempés, je le rends à la rivière. Pour vous.

McKillin présenta le poisson à Valentina, s'inclinant en forme d'hommage, et, d'un large geste, le remit doucement à l'eau.

— Celui-là vous devra la vie.

En quelques vigoureux coups de nageoires, le saumon disparut.

— Merci beaucoup. Je l'avoue, je suis désolée pour vous, mais heureuse pour lui.

Il posa théâtralement la main sur sa poitrine et inclina la tête, puis la releva pour demander :

— Vous voulez peut-être essayer ?

— Sûrement pas. D'abord, je suis incapable de rester immobile aussi longtemps, et puis avec mes petites chaussures, je vais glisser dans l'eau.

À peine Valentina eut-elle terminé sa phrase que les premières gouttes de pluie heurtèrent ses épaules. McKillin sauta sur la berge et, préoccupé, étudia le ciel.

— Il va falloir rentrer, déclara-t-il à regret. Vous n'aurez peut-être pas besoin de tomber dans la rivière pour être trempée jusqu'aux os...

Quelques minutes plus tard, la pluie tombait dru sur les deux marcheurs. Cela n'entama pourtant pas leur bonne humeur. Tous deux avaient abandonné leur paradis perdu là-haut. L'horizon se bouchait à vue d'œil, on ne distinguait même plus les collines voisines. Valentina sentait l'eau s'infiltrer dans l'encolure de son tee-shirt, ruisseler le long de sa colonne vertébrale.

Ses cheveux étaient trempés. McKillin retira sa veste et la lui tendit.

— Tenez, mettez ça, vous allez attraper froid.

— Ma veste est imperméable.

— Peut-être en Italie, mais ici, je vous promets qu'elle ne tiendra pas dix minutes. Nous avons la pluie la plus efficace du monde.

Il insista et finit par lui poser son vêtement sur les épaules.

— Moi, j'ai l'habitude, affirma-t-il. Je suis né sous ce temps-là.

Il marchait en chemise. Le tissu déjà détrempé lui collait à la peau.

Lorsqu'ils arrivèrent à la forêt, les sapins leur offrirent un abri provisoire. La pluie était freinée par le réseau de branches, mais le sol était devenu glissant. Le sentier, légèrement en surplomb sur une petite crête rocheuse, longeait une faille très escarpée. Valentina avait les yeux fixés sur les larges épaules de McKillin. Absorbée par leur mouvement, aveuglée par la pluie et la fatigue, elle ne remarqua pas le dénivelé devant elle.

Lorsque McKillin entendit son cri et le roulement des pierres, il se retourna en un éclair, mais il était déjà trop tard. Il se précipita en hurlant le nom de Valentina vers l'abîme. Pas de réponse.

Affolé, il se pencha vers les profondeurs du gouffre. Plusieurs mètres plus bas, le corps de la jeune femme était étendu. Immobile.

35

Lorsque Valentina ouvrit enfin les yeux, elle ne distingua tout d'abord que des formes immobiles et floues. Un terrible mal de crâne lui vrillait le cerveau et brouillait sa vue. Elle se sentait épuisée, vidée de toute force. Non sans difficulté, elle prit peu à peu conscience d'être allongée, mais sa perception d'elle-même et de son environnement restait vague. Elle n'entendait aucun bruit autour d'elle. Son esprit vagabondait sans parvenir à se fixer. Elle rabaissa les paupières et en éprouva aussitôt un réel soulagement, comme si se refermer sur elle-même était la seule attitude qui puisse lui apporter quelque réconfort. Elle retomba dans une semi-conscience.

Plusieurs minutes plus tard, les yeux toujours fermés, elle tenta à nouveau de s'éclaircir les idées. Machinalement, elle remonta la main vers son visage, dont la peau la tiraillait. Ce simple mouvement éveilla une atroce douleur au niveau de ses côtes. Valentina tressaillit et laissa échapper une plainte. Aussi soudainement que la souffrance, une image surgit : avec la fulgurance d'un éclair, la vision de sa chute lui revint. Dans la foulée, une rafale de pénibles souvenirs défila. Ses paupières closes frémissaient au rythme de la puissance des émotions qui la secouaient. Dans une succession brutale, le balancement des épaules d'Aidan, la sensation de son pied qui glisse et de son corps qui bascule s'enchaînèrent. Puis elle revit le vide qui l'aspirait et le choc, l'effroyable choc. Plus que la vision de sa chute, c'était surtout le son qui restait gravé, démesurément amplifié, dans sa mémoire. Les pierres qui se dérobent dans un roulement, son cri, la voix d'Aidan hurlant son nom, et l'impact sourd de son corps s'écrasant en contrebas…

Pour échapper au cauchemar, Valentina ouvrit les yeux. Cette fois, sa vue était plus nette. Elle mit pourtant quelques instants à reconnaître l'endroit. Elle était étendue sur le lit de sa chambre d'hôtel. Comment se trouvait-elle là ? Quelle heure pouvait-il être ? Avec des gestes ralentis à l'extrême, redoutant de raviver la douleur qu'elle sentait tapie, prête à bondir, Valentina fit pivoter son poignet pour consulter sa montre. Elle l'avait perdue, ou bien on la lui avait enlevée. Elle tourna la tête pour essayer d'apercevoir la lumière par la fenêtre et tenter d'en déduire s'il était tôt ou tard, mais son dos bloqué net l'en empêcha. Du haut de sa colonne vertébrale jusqu'à l'extrémité de son pied droit, un fer rougi au feu courait sous sa peau. Elle retomba au creux de son oreiller en gémissant.

Une ombre apparut tout à coup au-dessus d'elle. Par réflexe, elle se tassa au fond de son lit. Elle se sentait épouvantablement vulnérable. Elle plissa les yeux pour tenter de reconnaître la personne qui se tenait si proche d'elle.

— Vous revoilà enfin, dit une voix masculine.

Le visage s'avança, toujours indistinct. Le son lui paraissait tour à tour proche et lointain. Elle s'efforça de se focaliser dessus.

— Vous semblez beaucoup mieux, reprit la voix. Votre sommeil était agité, vous aviez l'air de tant souffrir…

Valentina parvint enfin à identifier la voix et à fixer son regard. Aidan. Il était appuyé sur le bord du lit. Instinctivement, Valentina glissa la main vers lui. Ses doigts rencontrèrent sa large paume posée sur l'édredon. La chaleur sécurisante de sa peau l'apaisa. Avec douceur, Aidan écarta de son autre main une mèche des cheveux de la jeune femme et contempla son visage.

— Vous voilà toute griffée par les ronces… dit-il doucement. Heureusement qu'elles étaient là, elles ont bien amorti votre chute. Voulez-vous un peu d'eau ? Vous devez mourir de soif.

Valentina prit conscience qu'elle avait en effet les lèvres et la gorge complètement sèches.

— Je veux bien, oui, croassa-t-elle péniblement. Merci.

Elle cherchait ses mots. C'était un effort de ne pas s'exprimer uniquement en italien. Elle sentit la peau d'Aidan s'éloigner. Il se redressa et s'approcha de la coiffeuse pour prendre une carafe. La jeune femme l'entendit remplir un verre d'eau.

— Vous êtes là depuis longtemps ? demanda-t-elle.

Il revint vers elle et l'aida à se redresser. Il porta le verre à ses lèvres, attentif, les sourcils froncés, et la regarda avaler lentement les premières gorgées.

— Depuis hier, répondit-il enfin.

— Hier ? s'étrangla Valentina.

— Vous ne vous souvenez pas ? Nous sommes allés à l'hôpital, ils vous ont plâtré la cheville.

Valentina ouvrit de grands yeux effarés.

— Vous vous êtes sérieusement foulé la cheville en tombant. Je vous ai portée jusqu'à la voiture, puis je vous ai conduite aux urgences. Ils ont fait des radios. Hormis la cheville, vous n'avez que quelques contusions et de gros hématomes, une vraie chance vu votre dégringolade. Le médecin m'a dit qu'il vous fallait du repos, alors je vous ai ramenée ici. Vous avez dormi. Vous en aviez besoin.

— Quel jour sommes-nous ?

— Dimanche.

Valentina se mit à trembler et tenta une nouvelle fois de se redresser.

— Mon avion ! s'exclama-t-elle. Je vais manquer mon vol !

McKillin sourit.

— À cette heure-ci, il doit déjà s'être posé à Rome. N'ayez aucun regret, vous n'étiez pas en état de le prendre. Vous aurez celui de demain matin.

Valentina soupira. Elle était tellement contrariée qu'elle crut qu'elle allait en pleurer.

— Il faut que vous préveniez vos proches, conseilla McKillin. Sinon, ils vont s'inquiéter. Quelqu'un devait sûrement vous attendre à votre retour.

Valentina porta sa main à son front. Il était brûlant. Son mal de crâne redoublait d'intensité. Si seulement elle avait regardé où elle mettait les pieds plutôt que de dévorer Aidan des yeux, tout cela ne serait pas arrivé. La jeune femme se sentait ridicule.

— Je suis désolée de vous causer tous ces ennuis, s'excusa-t-elle. Je vous fais perdre votre temps. Vous êtes revenu ce matin pour voir comment j'allais ?

Aidan sourit et s'accroupit à son chevet pour lui faire face.

— Je ne vous ai pas quittée depuis hier. Je vous ai veillée toute la nuit. Parfois, je vous tenais la main, vous sembliez si mal. J'ai même songé à vous ramener à l'hôpital tellement vous aviez l'air de souffrir.

Valentina blêmit et détourna le regard. Elle se sentait à présent en plus terriblement honteuse.

— Je m'en veux énormément, avoua-t-elle. J'ai tout gâché. Rentrez vite, vous avez autre chose à faire que de vous occuper de moi. Je ne mérite pas votre attention.

Aidan secoua la tête doucement.

— Ma place est ici, affirma-t-il. Vous devez vous reposer. Tout de suite après votre chute, vous étiez en état de choc. C'est probablement la tension nerveuse accumulée qui s'est brutalement relâchée… Votre sommeil était très agité. Je ne pouvais pas vous abandonner. Vous avez beaucoup parlé.

Valentina redouta le pire.

— Je n'ai rien dit de compromettant, au moins ? demanda-t-elle sur le ton de la plaisanterie, alors qu'au fond elle était réellement inquiète.

— Désolé, je ne parle pas l'italien. Je n'ai rien compris.

Aidan baissa les yeux. Valentina crut déceler une gêne, peut-être de la timidité. L'homme se concentra sur ses mains. Il imbriqua ses doigts et les referma.

— En tout cas, confia-t-il, je n'oublierai jamais la journée d'hier.

— Moi non plus, fit Valentina en essayant d'apercevoir son plâtre.

Aidan hésita avant d'ajouter timidement :

— Je ne parlais pas seulement de votre chute, mais de tout ce que nous avons vécu avant. Je suis très heureux de mieux vous connaître. J'ai passé un moment extraordinaire.

Il tenta de dissimuler son trouble, se gardant bien de fixer la jeune femme dans les yeux.

— J'ai vraiment eu peur pour vous, Valentina, murmura-t-il. S'il vous était arrivé quelque chose de grave, je ne me le serais jamais pardonné.

— Mais il m'est arrivé quelque chose de grave, répondit la jeune femme. De très grave même.

Aidan releva aussitôt les yeux, anxieux. Valentina le rassura d'un sourire.

— Hier, avoua-t-elle, j'ai plus que jamais pris conscience de la place que vous étiez en train de prendre. Et ça, c'est très grave. Enfin, disons plutôt très sérieux.

Surpris par la sincérité de cet aveu, Aidan ne sut que répondre. Tous deux se faisaient face. Les mots leur brûlaient les lèvres, mais aucun d'eux n'osait les prononcer.

Valentina puisa en elle pour trouver la force de lui dire tout ce qu'elle éprouvait et ce qu'elle espérait, le moment était propice, mais sa cheville l'élança brusquement. Elle ne parvint qu'à étouffer une plainte. Comme si la douleur aiguillonnait son cerveau, un nouveau flot d'images lui revint. Aidan la portant jusqu'à la voiture, elle dans ses bras, blottie contre son torse. La sensation de sa chemise mouillée contre sa joue, son odeur. C'était très fort, très vivant en elle. Étrangement, elle ne gardait qu'un vague souvenir de sa souffrance alors que ce moment de sensualité restait très présent à sa mémoire.

Elle ferma les yeux. Il mit cela sur le compte de la douleur.

— Vous vous sentez bien ?

— Vous m'avez portée jusqu'à la voiture ? lui demanda-t-elle sur un ton qui n'avait rien à voir avec ce qu'ils étaient prêts à se dire quelques instants plus tôt.

La soudaine rupture d'intonation dérouta Aidan.

— Vous étiez à demi inconsciente, incapable de marcher, fit-il remarquer. Il le fallait bien.

— Vous avez dû souffrir…

— Vous êtes mince, cela n'a posé aucun problème. J'ai juste eu un peu de mal à vous faire lâcher mes bras…

Valentina rougit violemment.

Le vieux téléphone en plastique griffé de rayures qui trônait sur la table de nuit se mit à sonner. Valentina tendit le bras mais fut incapable de l'atteindre.

— Pouvez-vous répondre, s'il vous plaît ?

Aidan décrocha. Il écouta d'abord un long moment puis répondit sur un ton peu aimable. La rapidité de son débit et son accent renforcé par l'agacement empêchèrent Valentina de tout comprendre. Il mit la main sur le micro du combiné et lui glissa :

— C'est Sarah. Elle est furieuse.

Effectivement, Valentina entendait les éclats étouffés d'une voix rageuse. Aidan essaya de calmer sa sœur, mais rien n'y faisait. Plus il essayait de s'expliquer, plus la voix vociférait. Debout, il trépignait. Sarah ne le laissait pas en placer une. À bout d'arguments, Aidan finit par lui dire qu'ils se parleraient plus tard et, refusant d'en entendre plus, raccrocha.

Nerveusement, il passa la main dans ses cheveux courts et soupira.

— Elle est hystérique. Elle dit qu'elle a eu peur en ne me voyant pas revenir hier soir. Ah, ces foutus portables qui ne passent pas…

— Elle s'est inquiétée, c'est normal. Avec ce qu'elle a vécu, on peut la comprendre.

— Ce n'est qu'un prétexte. Il m'arrive régulièrement de découcher sans la prévenir et elle ne me fait jamais une comédie pareille.

Comprenant ce que Valentina pouvait déduire de ce qu'il venait de dire, Aidan s'empressa de préciser :

— Quand on est en période de tonte des moutons et que l'on termine trop tard, je dors chez les éleveurs. Non, croyez-moi, enchaîna-t-il, je sais ce qui agace Sarah. Elle ne supporte pas que je m'entende bien avec vous. Lorsque nous avons appris qu'Eccezionale nous envoyait un expert, elle pensait voir débarquer un homme d'affaires aux dents longues décidé à nous mettre le couteau sous la gorge. Elle s'attendait à ce que nous menions ce combat ensemble elle et moi, proches, défendant notre affaire de famille d'une seule voix. Et puis vous êtes apparue. Vous n'aviez pas vraiment le profil attendu. Tout le monde vous a trouvé du charme, tout le monde vous a jugée gentille, ouverte, à l'écoute. Moi le premier. Mais pour Sarah, vous restez le diable, et ceux qui vous apprécient sont des traîtres.

— Tout cela n'est qu'un malentendu, je pourrais lui parler…

Aidan secoua la tête.

— Il n'y a pas que cela.

Il réfléchit et, prenant soin de peser chacun de ses mots, reprit :

— Je crois que le fait que je sois célibataire arrange bien ma sœur. Ainsi, elle n'est pas toute seule dans ce cas. Ni elle ni moi n'avons de vie de famille, de vie de couple. Je sais qu'elle redoute que je ne m'installe avec quelqu'un. Les rares fois où je me suis intéressé à une fille du coin, elle s'est tout de suite acharnée à la dénigrer, à nous dresser l'un contre l'autre.

Aidan plongea son regard dans celui de Valentina, suspendue à ses lèvres.

— Pourtant, enchaîna-t-il, je dois être honnête avec vous. Je n'avais jamais rencontré quelqu'un comme vous. Pas une fois je n'ai eu envie d'inviter une jeune femme sur la montagne. Je n'arrête pas d'y penser. Alors voilà. Je ne sais pas ce que vous ressentez de votre côté, j'ignore même si nous nous reverrons après votre départ, mais une chose est sûre, ma sœur ne doit avoir aucune prise dans cette décision qui n'appartient qu'à nous. Elle ne m'empêchera pas de vivre.

La dernière phrase d'Aidan résonna dans le silence de la chambre. À l'affût du moindre signe de réaction, il gardait les yeux rivés à ceux de Valentina.

Le cœur battant à tout rompre, la jeune femme lui tendit la main. Aidan la saisit et s'assit sur le bord du lit. Valentina referma ses deux mains sur celle de McKillin et l'amena contre sa joue. Ses yeux s'embuèrent de larmes.

— Je ne sais plus où j'en suis, murmura-t-elle. Je me sens tellement perdue…

36

Encore peu habituée à l'utilisation de ses béquilles, Valentina remontait péniblement l'interminable couloir menant de son avion à la salle des arrivées de l'aéroport international Leonardo da Vinci, à Rome. Dépassée de toutes parts par le flot de passagers qui avançaient à grands pas, elle passa devant un immense miroir. En apercevant son reflet, elle s'arrêta. Avec son visage griffé d'une multitude d'éraflures et sa mine défaite, elle paraissait rescapée d'une catastrophe.

Un vieux monsieur très bien habillé portant chapeau et gants s'arrêta à sa hauteur et lui demanda avec une exquise courtoisie si elle avait besoin d'aide. Bien que cela lui tirât la peau des joues, Valentina s'efforça de sourire et déclina son offre. Depuis qu'elle était partie de Glasgow le matin, ce genre de chose lui arrivait tout le temps. Son allure inspirait tellement de compassion que les gens se montraient aux petits soins pour elle. Certains lui avaient proposé de porter son sac et beaucoup s'écartaient pour la laisser passer, prêts à la rattraper dès qu'elle chancelait. Dans l'avion, son voisin s'était même exilé sur le strapontin pour lui laisser la place d'étendre sa jambe.

Pourtant, Valentina savait parfaitement que les séquelles de sa chute n'étaient pas seules responsables de sa pitoyable apparence. Son départ d'Écosse avait été une véritable épreuve. Elle regrettait la façon dont elle était partie mais ne blâmait qu'elle-même. Elle aurait voulu trouver d'autres mots que ceux, tellement banals, qu'elle avait prononcés pour Aidan au moment de le quitter. Elle savait désormais sans ambiguïté qu'il éprouvait des sentiments pour elle. Il lui avait ouvert son cœur avec, comme toujours chez lui, une sincérité et une simplicité bouleversantes. Elle aussi lui avait laissé entrevoir une partie de ce qu'elle ressentait – mais une partie seulement. À présent, Valentina s'en voulait de ne pas avoir eu le courage de lui dire la vérité, de lui avouer qu'elle était tout simplement éperdument amoureuse de lui, que chaque seconde qu'elle passait à le regarder faire, vivre, le rendait encore plus indispensable à sa vie. Si elle avait été honnête, elle lui aurait confié qu'elle ne voulait pas repartir, que le quitter la rendait malade. Mais elle s'était tue. Après ce moment qu'elle avait laissé passer en reprenant conscience dans sa chambre à l'hôtel, elle n'avait pas été capable de s'exposer, de lui faire autant confiance que lui l'avait fait. Ils s'étaient quittés comme des adolescents à la fin des vacances, sans rien se promettre d'autre que de se revoir bientôt et de s'appeler souvent. Maintenant, elle s'en voulait tellement...

En soupirant, Valentina se remit en marche. Au loin, elle apercevait les comptoirs des douanes. Au-delà se trouvait le hall d'arrivée où Stefano l'attendait. Lorsqu'elle l'avait prévenu de son accident et de son retour différé, il avait insisté pour venir la chercher lui-même. Le geste était appréciable et pourtant, Valentina aurait préféré que ce soit Francesca qui l'accueille.

Assez logiquement, la jeune femme n'était pas à l'aise à l'idée de retrouver aussi vite son fiancé officiel. Elle détestait par-dessus tout d'avoir à lui jouer la comédie en attendant de pouvoir lui parler.

En la voyant approcher en clopinant, le douanier lui adressa un sourire compatissant et lui fit signe de passer sans plus de formalité. Elle était la dernière de son vol à sortir. Devant elle, les portes automatiques s'écartèrent, révélant le hall grouillant où résonnait le brouhaha de la foule.

Stefano était là, toujours aussi beau, ses cheveux impeccablement coiffés en arrière, debout dans un costume parfaitement coupé. Malgré la faible intensité de la lumière, il portait ses lunettes de soleil et faisait tournoyer son trousseau de clés. Pendant une seconde, Valentina songea à faire comme si elle ne le voyait pas, à s'enfuir et à rentrer toute seule, pour ne rien affronter. Mais comment aurait-elle pu, avec sa jambe plâtrée ? Et puis il méritait mieux que ça, et elle aussi. Elle chassa cette pensée et s'avança vers Stefano.

Celui-ci ne put s'empêcher de sursauter en réalisant que cette jeune femme si mal en point était celle qu'il attendait.

— Mon Dieu, Valentina ! s'exclama-t-il. Dans quel état tu es !

Valentina esquissa sans l'avoir voulu un geste de recul en décelant dans son ton une pointe de reproche, comme si quelque part elle avait fait exprès de ne pas être aussi séduisante que d'habitude. Elle eut l'impression qu'il avait envie de la gronder comme une gamine. Mais peut-être n'était-ce qu'une impression.

Stefano ouvrit grand les bras et enlaça Valentina, qui aussitôt se mit à grimacer. Il chercha à l'embrasser mais elle se détourna, prétextant la douleur.

— Pardonne-moi, s'excusa-t-elle. J'ai l'impression d'avoir toutes les côtes cassées.

Un peu maladroitement, Stefano la libéra et tendit le cou pour déposer un baiser sur ses lèvres. Plus surprise que volontaire, Valentina le laissa faire.

— Je croyais que tu avais fait une petite chute, s'inquiéta-t-il. On dirait plutôt que tu as dévalé une montagne ! Laisse-moi porter ton sac.

— C'est impressionnant, mais ce n'est pas grave. Je suis couverte de bleus et d'égratignures, mais tout cela disparaîtra en quelques jours. Il n'y a que la cheville qui demandera plusieurs semaines pour se rétablir vraiment.

Stefano se pencha pour étudier le plâtre.

— Ils ont fait du bon boulot, au moins ? Parce que si tu veux, j'ai un copain à l'hôpital Umberto I qui peut te le refaire comme il faut.

— Non, ça ira, merci. Maintenant, j'aimerais bien qu'on y aille, parce que j'ai du mal à rester debout et que je voudrais être au bureau avant que tout le monde ne rentre de déjeuner…

37

Comme d'habitude, la rocade nord était complètement bouchée. Même s'il faisait beau, Stefano laissait le toit de sa décapotable fermé pour ne pas être asphyxié par les gaz d'échappement. Valentina suffoquait littéralement, les yeux et la gorge irrités par l'air vicié. Elle toussa.

— Tu es certaine de vouloir aller directement au bureau ? lui redemanda Stefano. Dans ton état, ce n'est pas raisonnable. J'ai pris ma journée, viens te reposer à la maison.

— C'est gentil, mais il faut vraiment que j'y aille. Mon patron attend ma réponse sur un dossier important.

— Crois-en mon expérience, Valentina, il n'y a pas grand-chose qui ne puisse attendre le lendemain. On dit toujours que c'est urgent, mais en fin de compte, les dossiers pourrissent sur un coin de bureau. Alors ne fais pas comme les débutants…

Stefano avait prononcé cette phrase sur un ton paternaliste un rien condescendant qui exaspéra instantanément Valentina. Elle n'avait jamais supporté qu'il la considère comme une petite fille qui ne connaissait rien à la vie. Elle préféra cependant répondre sobrement :

— Tu as sans doute raison, mais je vais quand même y aller.

— Bon, comme tu voudras. Je passe te chercher après le travail ?

— Pas ce soir. D'abord, je ne sais pas à quelle heure je vais terminer, et puis je crois que je vais rentrer m'écrouler dans mon trou à rat.

Déçu, Stefano accusa le coup et se concentra sur la circulation, qui était loin de se fluidifier.

— Qu'est-ce que tu as ? finit-il par lâcher sans détourner les yeux des voitures devant eux. On dirait que tu fais la tête.

— Pourquoi dis-tu ça ? Il n'y a rien de spécial. Je suis juste épuisée, peut-être aussi un peu stressée par la réunion qui m'attend.

— Alors si c'est ça, il ne faut pas t'en faire, c'est normal. Quand j'ai commencé à avoir des responsabilités, moi aussi j'étais un peu inquiet, mais je me raisonnais…

Valentina serra les mâchoires. Elle s'était attendue à ce que la journée soit difficile, et cela se confirmait.

— Si tu veux, reprit Stefano d'un ton docte, je peux te donner quelques conseils pour mieux gérer tes objectifs professionnels. N'hésite pas à me demander. J'ai de plus grosses responsabilités que toi et depuis beaucoup plus longtemps, alors profites-en.

— Écoute, répliqua Valentina en essayant de garder son calme, si tu veux bien, nous parlerons de tout cela plus tard. Je sais ce que j'ai à faire.

— Tu vois bien que tu es énervée, constata Stefano. D'ailleurs ta mère est d'accord avec moi...

— Qu'est-ce que ma mère vient faire là-dedans ?

— Elle aussi trouve que depuis quelque temps, tu es sans arrêt sur les nerfs. Elle pense que si ton nouveau poste doit te rendre agressive, tu ferais mieux de refuser ta promotion et de patienter quelques mois pour mieux te consacrer ensuite à notre famille, à nos enfants.

Valentina ouvrit de grands yeux.

— Comment en est-elle arrivée à te parler de ça ?

— Je l'ai appelée pour discuter de notre mariage.

Cette fois, la jeune femme s'étrangla. En une fraction de seconde, sa colère déborda. Oubliant ses douleurs, elle se tourna vers Stefano et le fusilla du regard. Le jeune homme, qui sentait l'orage gronder, posa ses deux mains sur le volant pour essayer de donner une image de sérénité nonchalante.

— Comment peux-tu te permettre une chose pareille ? s'emporta Valentina. Est-ce que tu trouves logique de parler de ça avec ma mère alors que nous n'avons même pas réglé la question entre nous ? Qui est-ce que tu veux épouser, ma mère ou moi ? Je suis la première concernée, c'est avec moi qu'il faut en discuter, et arrête d'essayer de toujours récupérer ma mère dans ton camp pour me coincer.

— Mais enfin, nous en avons parlé toi et moi ! L'autre soir, tu m'as dit oui. Je n'ai pas rêvé !

— Ce n'est pas vraiment ce que j'appelle en parler ! Tu m'as demandé, je t'aime bien, j'étais surprise, heureuse, alors j'ai dit oui. La voilà, la vérité.

Cette fois-ci, ce fut le regard de Stefano qui s'assombrit tout à coup. Sur un ton égal, tendu, il répliqua :

— Tu es en train de me dire que tu regrettes ta réponse, que tu ne veux pas m'épouser ?

— Je dis simplement que j'ai besoin de réfléchir et que tu n'as pas à mêler ma mère à ma vie !

Dans la voiture, l'atmosphère était électrique. Chacun se mura dans un silence lourd de sens. Pendant l'heure qui suivit, ni Valentina ni Stefano ne prononcèrent un seul mot. Tous deux étaient furieux et ruminaient leur colère.

Lorsque la voiture s'arrêta devant le siège d'Eccezionale, Valentina remercia Stefano d'être venu la chercher. Son ton était poli, dénué de chaleur. Elle attrapa ses béquilles, s'extirpa toute seule du véhicule, empoigna son sac, et se dirigea vers la porte du bâtiment sans même un regard en arrière.

38

Encore retournée par son accrochage avec Stefano, Valentina sortit de l'ascenseur. Elle fit quelques pas rageurs, frappant le sol de ses béquilles, puis s'arrêta un moment. Elle prit de longues inspirations, s'efforçant de se calmer et d'arrêter d'en vouloir à sa mère, à son fiancé, aux embouteillages, à Rome et à la terre entière. Le plus douloureux là-dedans n'était sans doute pas la colère en elle-même, mais la prise de conscience. C'était la première fois qu'elle se disputait sérieusement avec Stefano.

Remuant ces sombres pensées, Valentina se remit en mouvement et claudiqua en direction de son bureau. Sa cheville la faisait souffrir, et ses bras commençaient à tirer.

Lorsqu'elle ouvrit la porte et découvrit la pièce vide, elle eut un coup au cœur. Il n'y avait plus rien, ni meubles, ni matériel informatique, ni croquis. Comme un deuxième choc, elle se rappela que désormais, ce n'était plus son bureau. Toute à sa réflexion, elle était retournée machinalement vers son ancien lieu de travail.

Debout devant la porte ouverte d'une pièce qui ne la concernait plus, elle se sentait stupide.

Dépitée, elle se maudit une fois de plus et rebroussa chemin vers les ascenseurs. Une fois dans la cabine, elle pressa le bouton de l'étage de direction et s'adossa contre la paroi pour soulager ses bras.

« Ma pauvre fille, se dit-elle, je ne sais pas si tu tiendras toute la journée… »

Lorsqu'elle pénétra dans son nouveau bureau, Eva, son assistante, se précipita vers elle.

— Mademoiselle Venostra ! Si je peux me permettre, vous voilà bien amochée ! Vous devez être épuisée. Vous voulez un café ?

La jeune fille l'aida à retirer son manteau.

— Non merci, Eva, c'est gentil. Même si j'ai l'air d'une limace, je suis déjà assez énervée comme ça. Alors, quoi de neuf ?

— J'ai prévenu le secrétariat de M. Vecchi de votre retard. Il a fait répondre qu'il vous attendait dès votre retour.

Valentina n'eut même pas la force d'aller jusqu'à son fauteuil. En soupirant, elle se laissa tomber sur celui des visiteurs.

— Vous avez aussi reçu de nombreux appels, récapitula Eva. Des fournisseurs qui veulent vous rencontrer, des créateurs aussi. Tous demandent des rendez-vous le plus rapidement possible. Certains ont même envoyé des échantillons. J'ai répondu que vous rentriez aujourd'hui et que vous les contacteriez dans la semaine.

— Merci, Eva. Aucun appel d'Écosse ?

— Non, mademoiselle. Rien d'Écosse. Pourquoi, vous attendiez un coup de fil ?

— Pas précisément.

Valentina se sentit tout à coup bien seule. Enfermée entre les quatre murs de ce bureau pourtant vaste et lumineux, elle avait l'impression d'étouffer. L'énergie d'Aidan et l'espace et le vent d'Oban lui manquaient.

— Vous vous sentez bien ? demanda Eva en se penchant vers elle, pleine de sollicitude.

— Ça va aller, ce n'est rien. Puis-je vous demander d'ouvrir mon sac de voyage et d'en sortir le gros dossier vert étiqueté « McKillin & Son » ? Je vais aller voir M. Vecchi.

Eva s'exécuta et lui tendit le dossier.

— Tenez. Si vous le souhaitez, je peux vous accompagner. Vous n'avez vraiment pas l'air en forme…

— Vous êtes adorable, Eva, merci. Je suis tellement dans le cirage qu'en arrivant, je suis allée directement à mon ancien bureau. J'avais oublié que j'avais changé de poste, d'étage, et que j'avais une super assistante. Alors de vous à moi, j'espère vraiment que je vais m'écrouler en allant chez le boss, comme ça, on m'emmènera à l'hôpital et je n'aurai pas l'occasion de me ridiculiser une fois de plus…

39

— Alors, déclara Oliviero Vecchi sans lever le nez du rapport qu'il lisait, on m'a dit que votre voyage avait été mouvementé !

Il releva les yeux et sa bouche s'arrondit en une parfaite expression de stupéfaction.

— Restez assis, le supplia Valentina, l'interrompant dans son élan. Depuis hier, chaque fois que je fais un geste, tout le monde se précipite avec dans le regard la même pitié que vous. Je n'en peux plus.

La jeune femme sourit tristement. Vecchi hésita et se rassit au creux de son fauteuil. Valentina se traîna jusqu'à celui qui lui faisait face.

— Ma pauvre, que vous est-il arrivé ?

— Beaucoup de choses, monsieur, mais surtout une petite chute.

— Petite, petite, comme vous y allez ! Est-ce indiscret de vous demander comment cela s'est produit ?

La jeune femme s'était préparée à cette question. Dans l'avion, elle avait eu le temps de réfléchir à une excuse et de répéter son texte.

— Vous savez, commença-t-elle, là-bas, dans les landes, les moutons sont en liberté. Aucun champ n'est clôturé. Pour voir les troupeaux, il faut faire des kilomètres. Nous étions en tournée d'inspection et j'ai glissé alors que nous suivions un petit chemin qui surplombait un fossé. Je regardais le troupeau et mes chaussures n'étaient vraiment pas adaptées.

Valentina s'arrangea pour ne pas croiser le regard de Vecchi.

— Je salue votre conscience professionnelle, commenta celui-ci, mais je regrette qu'elle soit si mal récompensée.

— J'ai eu de la chance. M. McKillin, le directeur de la fabrique, qui m'accompagnait pour cette inspection m'a secourue. Je serai vite sur pied.

— Allons, tant mieux. Alors, où en sommes-nous avec cette fabrique de pulls ?

Comme pour donner encore plus de poids au travail qu'elle avait effectué, Valentina posa la main bien à plat sur son volumineux dossier.

— Vous n'allez pas être très satisfait, annonça-t-elle.

— Que voulez-vous dire ? Vous n'avez pas de solution en vue ?

— Disons que j'ai récolté tous les éléments possibles et imaginables et que malgré cela, je ne sais vraiment pas quoi en conclure.

La jeune femme se balançait imperceptiblement sur son siège, mal à l'aise. Vecchi fronça les sourcils.

— Ce n'est pas un cas simple, j'en conviens, déclara-t-il. Et puis c'est votre premier. Alors dans votre état, je ne vais pas vous accabler. Laissez-moi votre dossier, je vais étudier moi-même les documents et nous en reparlerons. Mais cet après-midi, je ne veux pas vous voir vous traîner au bureau comme ça. Vous rentrez chez vous, vous vous reposez et vous revenez mercredi matin, sur pied. C'est compris ?

Valentina le remercia et déposa son dossier sur son bureau.

— À mercredi donc, dit-elle en se levant. Mais n'hésitez pas à m'appeler si vous avez besoin d'un renseignement sur le dossier. Il est possible que, parfois, mes notes puissent vous paraître un peu confuses.

— Dormez et récupérez, c'est tout ce que je vous demande d'ici après-demain. Je vous veux en forme parce que votre deuxième mission se profile déjà. Nous sommes sur les rangs pour racheter l'une des plus importantes filatures d'Australie.

— D'Australie ! s'exclama Valentina, déjà épuisée à l'avance.

— Tout à fait, et je compte vous envoyer là-bas dès que possible. Espérons qu'il n'y aura pas de ravins dans les pâturages, sinon dans quel état allez-vous nous revenir !

40

Soulagée d'être enfin arrivée chez elle, Valentina s'adossa à sa porte, qu'elle venait de refermer. Elle contempla son petit appartement. Tout était à sa place. Elle avait l'impression d'être partie depuis des années. Tant de choses avaient changé…

Elle posa ses béquilles dans le coin près du portemanteau et s'appuya sur la commode pour rejoindre son canapé. Elle s'y laissa glisser avec une légère grimace de douleur puis se cala confortablement dans les coussins. Elle renversa la tête en arrière en soupirant. Elle se sentait en sécurité, enfin à même de prendre du recul sur ce qui bouleversait sa vie. Elle comptait téléphoner à Francesca, mais seulement après avoir goûté au plaisir de quelques heures de calme absolu. Peut-être dans la soirée oserait-elle aussi appeler Aidan.

Installé à l'extrémité du canapé, Signore Coniglietto, le lapin en peluche fétiche qu'elle traînait depuis ses quatre ans, semblait la contempler d'un air triste. Son père le lui avait rapporté d'un voyage en France. Elle se souvenait de son sourire malicieux quand il avait sorti le paquet cadeau de sa valise. Elle avait déchiré le papier et sauté de joie en découvrant l'animal tout doux.

Valentina allongea le bras et attrapa le lapin par ses longues oreilles usées par des milliers de câlins.

— Toi aussi tu m'as manqué, lui dit-elle en le serrant contre elle.

Juste derrière Signore Coniglietto, elle aperçut son répondeur qui clignotait. Espérant l'appel d'Écosse qu'elle n'avait pas eu au bureau, elle s'empressa d'écouter ses messages.

« Salut, c'est Francesca, j'espère que tout s'est bien passé, rappelle-moi pour que l'on se voie vite ! Je t'embrasse. »

« C'est Maman. Tu sais que je déteste parler à une machine, mais bon… Stefano nous a dit que tu n'allais pas bien, alors puisque tu ne te décides pas à venir, c'est nous qui arrivons. Nous serons à Rome dans la soirée de lundi, et nous dormirons chez Tante Olivia. Nous comptons venir t'embrasser mardi. Peut-être auras-tu le temps de déjeuner ou de dîner avec nous ? Rappelle-nous pour qu'on s'organise. Bisous ! »

« Val, c'est Stefano. Je suis désolé pour tout à l'heure. Je ne supporte pas ce genre de situation entre nous, c'est idiot. Alors appelle-moi. Normalement ce soir, je ne fais rien, j'attends ton coup de fil. À tout de suite, chérie. »

« Salut p'tite sœur. Maman me dit que tu as filé en Écosse pour ton nouveau job. C'est top !

Donne des nouvelles à ton vieux frère. Bises, salut ! »

Le bip annonçant la fin des messages retentit. Valentina se sentit soudain comme ensevelie sous une avalanche. Sa perspective de calme était réduite à néant. Personne ne semblait décidé à lui offrir le répit dont elle avait tant besoin. Non seulement Aidan n'avait pas appelé, mais ses parents débarquaient et Stefano l'assiégeait. Il devenait clair que les prochains jours risquaient d'être animés...

« *Dio*, soupira-t-elle en regardant les grands yeux de plastique de Signore Coniglietto. Si seulement tu pouvais parler et me dire quoi faire... »

— Tu connais l'expression « au pied du mur » ? interrogea Francesca.

— Évidemment, répondit Valentina en essayant de s'extirper du canapé où elle s'était pelotonnée toute la fin de l'après-midi.

— Ne bouge pas ! lui intima Francesca, avant d'ajouter : Eh bien dis-toi que la formule a été inventée pour ce genre de situation.

Suite à l'appel de Valentina, Francesca était arrivée aussitôt après son travail. Elle avait apporté de quoi dîner pour elles deux et s'affairait à préparer le repas. Tout en disposant des bols pour les salades composées, elle continuait à discuter avec son amie.

— Tôt ou tard, cela devait arriver, déclara-t-elle en fouillant dans les tiroirs à la recherche des couverts. Alors autant que ce soit le plus tôt possible. Tu vas être obligée de clarifier ton histoire de mariage avec Stefano, et il est grand temps que tu fasses preuve d'un peu d'indépendance vis-à-vis de ta mère. Elle est gentille et je l'aime vraiment, mais elle a une fâcheuse tendance à vouloir tout régenter. D'ailleurs, ton frère l'a bien compris, il ne lui dit plus rien !

— Qu'est-ce que je fais pour Stefano, je l'invite avec eux ?

— À ta place, j'éviterais. Tu vas déjà avoir ta mère sur le dos, pas la peine d'en rajouter. Mieux vaut traiter les problèmes les uns après les autres. D'abord, tu dois décider où tu en es avec Stefano. Ensuite, tu annonces ta décision à tes parents.

— Plus facile à dire qu'à faire. Au maximum, ça me laisse jusqu'à demain soir. Et je ne sais pas comment va réagir Papa.

— Réagir à quoi ? Sais-tu seulement ce que tu vas leur annoncer ?

Francesca déposa les salades sur la table et tendit une fourchette à son amie.

— Qu'est-ce que tu veux vraiment ? insista-t-elle. Simplement repousser le mariage avec Stefano pour te laisser du temps ?

— Non ! s'exclama Valentina.

— Alors tu veux rompre ?

Entendre le cœur du problème énoncé aussi directement plaça brutalement Valentina face à son dilemme. Elle se réfugia dans la fouille minutieuse de sa salade. D'un seul coup, séparer les grains de maïs des dés de poivron semblait la chose la plus importante du monde.

— Je ne veux pas lui faire de peine, finit-elle par déclarer d'une voix peu assurée.

— Est-ce qu'au nom de ça, tu es prête à perdre Aidan ?

Valentina ne répondit pas, mais elle savait pertinemment que non. Francesca hésita avant d'ajouter :

— Je sais ce que tu penses. Je connais ce sentiment. Tu viens enfin de découvrir la personne avec qui tu veux partager ta vie. Que cela te donne la force de quitter Stefano si c'est ce que tu veux vraiment. Ne fais rien contre lui, fais tout pour Aidan. Ne gâche pas ce que tu as pu vivre de bien avant.

— On dirait que tu ne m'approuves pas.

— Il n'y a rien à approuver ni à condamner. Tu es amoureuse, et c'est la meilleure chose qui puisse arriver. Je sais qu'une grande histoire a commencé pour toi avec cet Écossais, ça se sent. Si c'est lui que tu veux, ne te laisse pas arrêter par le reste. Accepte de tourner la page, laisse le passé en paix et finis-en le plus calmement possible. Tu es épuisée, amoureuse et coincée, c'est bien suffisant pour expliquer la tempête qui te secoue.

À bout de nerfs, Valentina s'écroula dans les bras de son amie.

— Tu te rends compte, dit-elle la gorge nouée, toute mon existence a explosé en une semaine. Quand est-ce que ça va s'arrêter ?

— Quand tu auras enfin choisi ta vie.

41

Le lendemain, lorsque les premiers rayons du soleil se levèrent sur Rome, Valentina était réveillée depuis déjà longtemps. Devant le miroir de la salle de bains, méticuleusement, elle se nettoyait le visage. Les plus fines griffures s'estompaient déjà. Elle appliqua un peu d'anticernes sur sa pommette pour tenter de camoufler les quelques meurtrissures encore visibles. Cependant, même si sa forme physique était en nette amélioration après la nuit, son moral, lui, était en ruine.

Après le départ tardif de Francesca, elle était restée seule avec ses questions. Au fond d'elle-même, elle était bien consciente de ne pouvoir revenir en arrière : il était exclu de faire comme si Aidan n'avait jamais existé. Elle l'aimait. C'était aussi simple que ça. Force était de constater que jamais elle n'avait éprouvé la même chose pour Stefano, même si elle lui était attachée. Cette fois, elle ne parviendrait pas à y échapper. Elle allait devoir faire face.

Elle s'était donné la matinée pour mettre ses idées en ordre. Elle avait préparé une sorte de plan de bataille, mais elle manquait d'armes…

Elle allait commencer par appeler Stefano pour lui annoncer sa décision de rompre. Son cœur se serrait à cette perspective, même si c'était la seule chose à faire. Elle n'avait aucune idée de la façon dont il allait le prendre. Elle s'attendait à de l'incompréhension, de la colère, de la rancœur, et s'efforçait de s'y préparer au mieux.

Valentina avait longuement hésité pour savoir comment faire. Elle avait d'abord songé à lui expliquer en face, mais elle n'avait pas du tout envie d'aller chez lui, et lui demander de venir chez elle pour s'entendre dire que tout était fini entre eux semblait cruel. Et puis, elle ne souhaitait pas non plus courir le risque qu'il fasse une scène ; elle ne voulait que des souvenirs heureux dans cet appartement. Lui donner rendez-vous ailleurs ? Quel que soit l'endroit, ce serait trop impersonnel. Lui écrire ? Cela aurait permis à la jeune femme de poser ses idées mais, en fin de compte, le téléphone était sans doute la meilleure solution. Elle pourrait s'adapter à sa réaction, laisser à Stefano la possibilité de s'exprimer tout en essayant de le faire souffrir le moins possible. Elle lui devait bien ça.

Après cette première épreuve, elle comptait passer commande pour se faire livrer le dîner, car elle avait finalement décidé d'inviter ses parents chez elle, histoire d'éviter de se donner en spectacle à l'extérieur s'ils réagissaient trop mal.

Valentina redoutait particulièrement cette journée. Elle avait pesé chaque mot de ce qu'elle comptait annoncer à chacun. Les prochaines heures seraient douloureuses, mais la jeune femme était cette fois convaincue que tout dire était le seul moyen de reprendre enfin le contrôle de son destin. Quelque part, cette certitude lui redonnait espoir.

Elle acheva de brosser ses longs cheveux puis alla ranger la vaisselle de la veille qui séchait sur l'égouttoir. Contrairement à son habitude lorsqu'elle faisait un peu de ménage, elle n'avait pas envie d'écouter de musique. Elle s'approcha d'une fenêtre et contempla les toits de Rome. Quel temps pouvait-il faire à Oban ? Pendant que le soleil brillait sur la Cité éternelle, le vent soufflait probablement sur la ville de son cœur. Que faisait Aidan en ce moment ?

Une fois qu'elle aurait survécu à cette maudite journée, Valentina s'empresserait de l'appeler pour lui dire qu'elle était enfin libre et qu'elle l'aimait. Comment allait-il réagir ? Quel était leur futur ? En avaient-ils seulement un ensemble ? Elle, l'Italienne, et lui, l'Écossais, pouvaient-ils concilier deux vies, deux histoires si différentes ? Depuis qu'elle avait rencontré cet homme, Valentina aimait moins l'existence qu'elle avait menée jusque-là. Comme si le découvrir avait réveillé d'autres valeurs en elle. Elle avait à présent le courage de juger sereinement sa vie, comme quelqu'un qui a enfin découvert son but, enfin signé la paix avec lui-même. De tout son cœur, elle choisissait Aidan.

42

Sur l'écran de son mobile s'affichaient les coordonnées de Stefano. Un effleurement de l'index sur son numéro, et elle l'aurait en ligne. Ce serait une conversation définitive. Retardant encore le moment, Valentina songea qu'elle n'avait pas d'affaires à elle chez lui et que lui n'en avait jamais laissé dans son studio. De toute façon, il y était venu si peu… Prendre conscience de cela lui fit un drôle d'effet, comme s'ils n'avaient jamais été un couple ailleurs que dans leur imagination. Ils n'aimaient pas les mêmes films, ne lisaient pas les mêmes livres, n'avaient pas les mêmes goûts – il suffisait d'observer leurs appartements. Tout y était aussi opposé que possible. Qu'avaient-ils vécu ensemble, au juste ?

À bien y réfléchir, en quelques jours, même si rien d'intime ne s'était produit entre Aidan et elle, Valentina avait le sentiment d'avoir partagé bien davantage avec lui qu'avec Stefano. Elle commençait à réaliser qu'elle s'était laissé enfermer sans réagir dans un schéma qu'on avait pensé pour elle. Ses parents avaient rêvé de la voir mariée, Stefano l'avait toujours trouvée séduisante, et elle s'était laissé faire.

Elle appuya sur son écran. Il décrocha presque aussitôt.

— Allô ?

— C'est moi. Je ne te dérange pas ?

— J'attendais ton coup de fil hier soir, fit-il remarquer d'un ton plutôt sec. Là, je bosse.

— Je n'en ai que pour quelques instants, après je ne t'importunerai plus.

N'entendant aucune réponse, Valentina crut que la ligne avait été coupée ou, pire, que Stefano avait raccroché.

— Tu es là ?

— Je t'écoute.

— Eh bien voilà, ce n'est pas très facile à dire, mais je crois que nous allons cesser de nous voir.

— C'est à cause d'hier ?

Valentina fut décontenancée par la froideur de sa repartie. Elle n'y sentait ni protestation, ni colère, ni même aucune tristesse.

— Non, Stefano. Ce n'est pas pour si peu que je désire mettre fin à notre relation. Je te respecte, j'ai de l'affection pour toi, mais je me rends compte qu'au fond, nous n'avons pas la même vision de la vie. Avant de nous engager et d'avoir à en souffrir, toi ou moi, il vaut mieux tout arrêter. Tu me comprends ?

— Je t'ai demandée en mariage il y a quelques jours à peine et tu étais d'accord, alors non, je ne comprends pas.

Stefano ne semblait pas décidé à lui simplifier la tâche.

— On se connaît depuis des années, argumenta la jeune femme. Tu as toujours imaginé notre couple à ta manière, et moi je devais suivre. Aujourd'hui, je m'aperçois que ce n'est pas ce que je veux.

— Tu as trouvé mieux depuis que tu as des responsabilités, je ne suis plus assez bien pour toi ? C'est ça ?

À son agressivité née de son orgueil blessé, elle opposa un ton calme et posé.

— Tu ne comprends pas. Je te parle de vie, de cœur, et tu me réponds statut social. De toi à moi, je ne sais même pas si je vais garder mon poste. Il ne me correspond pas. Il me fatigue déjà tellement... Moi, les vols en première, les réunions de direction, les assistantes et les ronds de jambes hypocrites des subalternes, ça m'exaspère. J'ai envie d'être utile, d'avancer, de pouvoir être fragile, d'être aimée pour ce que je suis.

— Bon, écoute-moi. Je ne suis pas en colère.

— Tant mieux, parce que je tiens à toi, Stefano. Je te remercie pour tout ce que nous avons vécu, mais c'est terminé.

Comme s'il n'avait pas entendu, Stefano reprit sur le même ton :

— Je ne suis pas en colère parce que je crois que tu es malade, et tellement épuisée que tu n'as pas les idées claires. Je parie que d'ici quelques heures, tu te rendras compte toi-même de ce que ton coup de fil a de ridicule. Ne t'inquiète pas, ce sera oublié. Crois-moi, avec le stress du boulot, on a souvent des états d'âme, on a parfois envie de changer, mais après une bonne nuit, tout reprend sa place.

Valentina sentait la tension monter. Il refusait de comprendre, une fois de plus il ne l'écoutait pas, et cela la mettait en colère.

— Entends-moi, pour une fois. Je ne souhaite pas que notre dernier échange avant longtemps se termine en altercation, alors je t'embrasse, vraiment, et j'espère que tu trouveras rapidement la femme de tes rêves, parce que ça ne sera jamais moi.

— Ta mère va être furieuse !

Poussée à bout par cette ultime remarque en forme de missile, Valentina raccrocha brutalement. Malgré tout ce qu'elle avait pu imaginer, toutes les possibilités qu'elle avait envisagées, son appel ne s'était pas du tout déroulé comme attendu. Plus que jamais, elle saisissait l'ampleur du fossé qui les séparait. Même si Valentina savait que sa colère retomberait et qu'elle finirait par ne se souvenir que des qualités de Stefano, il lui faudrait quand même du temps.

Soudain, elle frissonna à l'éventualité qui lui traversa l'esprit : si ça se trouvait, à cet instant même, Stefano était en train de téléphoner à ses parents pour faire un scandale...

43

Plus qu'une demi-heure avant l'arrivée de ses parents. Tout était prêt. Valentina avait passé une robe droite de lin grège plutôt sage et pris soin d'attacher ses cheveux et de se maquiller un peu plus que d'ordinaire afin de paraître plus âgée. Son plâtre l'avait un peu gênée pour tout ranger et mettre la table, mais elle s'en accommodait. La colère et les mots de Stefano n'en finissaient pas de hanter son esprit. Dans une piètre tentative pour les chasser, elle essuya les traces sur les verres, ceux que sa mère lui avait offerts et qu'elle trouvait beaucoup trop sophistiqués.

Lorsqu'elle s'assit enfin sur le canapé, tout était parfaitement en ordre, sauf ses pensées. Elle avait vécu l'après-midi dans la crainte que Stefano ne rappelle. Leur rupture lui paraissait presque trop simple – un comble !

Entendant des voix dans la cage d'escalier, Valentina vérifia l'heure : 19 heures pile – la légendaire ponctualité de sa mère, dont elle avait d'ailleurs hérité. Cela ne l'empêcha pas de sursauter lorsque ses parents sonnèrent à sa porte.

— Voilà, voilà, j'arrive !

Claudiquant avec de plus en plus d'aisance, elle alla ouvrir.

— Mon Dieu que c'est haut chez toi ! s'exclama sa mère, tout essoufflée.

Scrutant sa fille de plus près, elle sursauta : « *Mamma mia !* Tu t'es bien arrangée, ma pauvre chérie !

Valentina eut une petite moue pour la rassurer.

— Ça ne fait presque plus mal, Maman.

Elle embrassa sa mère et s'effaça maladroitement pour la laisser entrer. Son père lui tendit les bras.

— Ma petite, j'ai l'impression qu'on ne s'est pas vus depuis une éternité. Toujours aussi belle, malgré tes égratignures… et ce très beau plâtre !

Vittorio Venostra était un homme séduisant au grand front et au regard vif ; c'était de lui que Valentina tenait ses yeux bleu sombre. Il peignait soigneusement en arrière ses cheveux argentés en belles ondulations, et les coins de ses yeux et de ses lèvres étaient striés de petites rides de bonne humeur. Il enlaça sa fille d'une étreinte plus délicate qu'à son habitude.

Aussitôt entrée, Sophia Venostra, tailleur à la mode d'il y a vingt ans et chignon impeccable, commença son inspection.

— Je ne m'explique toujours pas pourquoi tu t'obstines à rester dans cette chambre d'étudiante, déclara-t-elle. C'est si petit !

— Mais parce que c'est chez moi, Maman.

Apercevant les photos de sa fille et de Stefano restées sur une étagère, elle se précipita.

— Vous avez de l'allure, tous les deux, commenta-t-elle. Stefano est inquiet pour toi, tu sais.

Valentina se mordit les lèvres et pesta intérieurement. Comment avait-elle pu oublier de retirer ces photos ?

Son père, qui restait en retrait, fit quelques pas vers le canapé et s'empara de Signore Coniglietto, le lapin en peluche.

— Tu l'as encore, s'émut-il.

— Bien sûr, Papa. J'y tiens énormément. Chaque fois, je te revois me l'offrir.

Vittorio Venostra sourit à ce souvenir et revint vers sa fille, qu'il embrassa sur le front affectueusement en posant les mains sur ses épaules. Même si elle était désormais une magnifique jeune femme, rien n'avait changé entre eux.

— Je suis bien contente de vous avoir tous les deux ici, déclara Valentina. Cela faisait trois ans que vous n'étiez pas venus…

— Et toi, répondit sa mère, tu as oublié le chemin de la Toscane. Il y fait pourtant plus beau qu'ici. Tu devrais voir mes pivoines, elles sont admirables.

— Tu sais, j'ai beaucoup de travail. Ces derniers temps, je n'ai pas eu le temps de souffler.

— Eh bien tu devrais le prendre, répliqua sa mère sur un ton péremptoire. Le plus important dans la vie d'une femme, c'est sa famille.

— Sophia, s'il te plaît, intervint Vittorio. Ne commence pas. Les époques changent et les modes de vie aussi. Laisse Valentina vivre avec son temps.

— Ce n'est pas une question d'époque ! D'ailleurs Stefano, qui est aussi jeune qu'elle, pense comme moi.

Valentina se contint et essaya de donner le change.

— Je vous sers quelque chose à boire ?

— Si tu as un petit whisky... répondit le père avec une mimique d'enfant malicieux.

— Tu ne devrais pas, Vittorio ! tonna Sophia. C'est mauvais pour ton foie, le docteur te l'a encore redit le mois dernier. Moi, je vais prendre un muscat.

Valentina leur fit signe de s'asseoir et s'éclipsa pour préparer les boissons. Elle revint en disposant des *antipasti* qu'elle avait préparés elle-même, tendit son verre à sa mère et glissa le sien, bien rempli, à son père en lui faisant un clin d'œil.

— Au fait, demanda Sophia Venostra, comment s'est passé ton voyage ? Stefano m'a dit que tu étais partie en Norvège.

Valentina tira une chaise et prit le temps de s'asseoir. Elle remarqua que son père ne la quittait pas des yeux. Sa mère jeta un coup d'œil approbateur aux légumes marinés.

— Je souhaiterais vous dire deux ou trois choses importantes, commença Valentina. Primo, ce n'est pas en Norvège que je suis allée, Maman, mais en Écosse. Secundo, il va falloir que tu arrêtes de faire sans arrêt allusion à Stefano, parce qu'entre lui et moi, c'est terminé.

— Écosse, Norvège, quelle importance ? grommela Sophia en piochant une rondelle d'aubergine.

Elle se figea tout à coup, la bouche grande ouverte : elle venait de comprendre ce qu'avait dit sa fille. Avant qu'elle ait pu prononcer un mot, Vittorio se dépêcha de prendre les devants :

— Eh bien… En voilà une nouvelle ! Vous avez décidé cela d'un commun accord ? Ou c'est l'un de vous deux qui a voulu rompre ?

— C'est moi. Je me suis rendu compte que nous ne savions plus pourquoi nous étions ensemble. Trop de choses nous séparent.

— Je suis désolé de l'apprendre. Comment vas-tu, toi ? Tu es triste ? s'enquit son père, inquiet.

— Pas vraiment. C'est aussi ce qui me conforte dans cette décision. Je suis plus ennuyée que peinée.

Sophia les regardait, médusée. Elle passa brusquement de la prostration à l'indignation.

— Comment as-tu pu faire une chose pareille, Valentina ?

— Sophia, calme-toi, intervint Vittorio.

— Mais enfin, cette petite sotte trouve un garçon charmant avec une très bonne situation – et beau en plus, ce qui ne gâche rien –, et voilà que Mademoiselle décide qu'il n'est pas assez bien pour elle !

— Sophia, tu dépasses les bornes ! insista Vittorio en haussant le ton.

— Laisse, Papa, je m'attendais à ce genre de réaction.

Valentina se tourna vers sa mère et la fixa comme jamais elle ne l'avait fait.

— C'est ma vie, Maman, déclara-t-elle posément. C'est moi qui décide. J'espère vraiment que l'homme que je vais choisir te plaira, mais si ce n'est pas le cas, cela n'aura aucune importance. Tu ne seras même pas obligée de venir au mariage.

Jamais Valentina n'avait osé parler sur ce ton à sa mère. Vittorio souleva un sourcil et guetta la réaction de son épouse, pour le moment frappée de stupeur.

— Lorsque je t'ai présenté Stefano, reprit Valentina, ce n'était qu'un flirt, et ça aurait dû en rester là. Mais toi, tu as tout de suite voulu le faire rentrer dans le décor que tu imaginais pour moi. Tu en as fait mon mari potentiel, ton gendre officiel et le père de tes futurs petits-enfants. Mais j'ai ouvert les yeux. Stefano était une page de mon histoire, que j'ai tournée. Alors maintenant, je te demande juste de retenir que Stefano n'est plus mon fiancé, et je te demande aussi d'avoir la délicatesse de ne plus y faire allusion en ma présence !

D'une traite, Valentina avait déballé tout ce qu'elle avait sur le cœur, et la soirée venait seulement de commencer… Vittorio dévisagea sa fille avec un mélange d'affection et d'admiration. Il retrouvait chez cette jeune femme déterminée l'enfant fougueuse qui tenait tête à ceux qui, dans la rue, essayaient de lui chiper son ballon. Une fois de plus, il était fier de sa petite.

Entérinant ostensiblement ce qu'elle venait d'annoncer, il dit d'un ton léger :

— On ne va pas ressasser le passé toute la soirée, alors puisque ce point-là est éclairci, parle-nous donc de ton nouveau poste. C'est sûrement dangereux puisque tu es déjà blessée…

Valentina éclata de rire, reconnaissante envers son père, qui l'aidait à changer de sujet. C'était un rire nerveux, libérateur. Sophia Venostra les dévisageait – pour une fois sans savoir quoi dire. La colère de sa fille l'avait touchée et la faisait réfléchir.

Valentina se tourna vers son père.

— J'ai moi-même du mal à expliquer ma fonction, confia-t-elle. En fait…

Elle s'interrompit. On venait de sonner à la porte de son appartement. Elle blêmit.

— Ne me dis pas que tu as commandé des pizzas, grogna sa mère. Je déteste ce genre de nourriture de restaurant sans saveur…

— Tu attends quelqu'un ? demanda Vittorio.

Valentina secoua la tête. On sonna de nouveau. La jeune femme se leva. Alarmée, elle imaginait déjà Stefano débarquant avec l'intention de la convaincre de changer d'avis ou, pire, de lui faire vivre un enfer. Rien ne lui serait épargné…

Elle abaissa la poignée et, résolue à affronter l'épreuve qui l'attendait, ouvrit en grand. Elle porta les mains à sa bouche et étouffa un cri.

44

Sur le seuil se tenait Aidan, un somptueux bouquet de roses dans les bras.

— *Buonasera*, prononça-t-il avec son terrible accent écossais.

Valentina resta sans voix.

— J'espère que vous ne m'en voudrez pas, mais vous me manquiez, ajouta-t-il. Alors j'ai sauté dans un avion et me voilà. Je suis passé à votre bureau, où l'on m'a dit que vous étiez souffrante. J'aurais pu téléphoner, mais j'ai préféré vous faire la surprise…

Apercevant ses parents par-dessus l'épaule de la jeune femme, Aidan ajouta un ton plus bas :

— Mais ce n'était peut-être pas une bonne idée. Je vous dérange. Faisons comme si j'étais un simple livreur de fleurs, et j'essaierai de vous appeler demain…

Muette, Valentina ne se remettait toujours pas de sa surprise. Un peu maladroitement, Aidan lui tendit le bouquet. Il la salua d'un mouvement de tête et fit un pas en arrière, s'apprêtant à repartir. De toutes ses forces, Valentina cherchait quoi dire et comment. Un seul mot lui vint.

— Non.

— Comment ça, non ?

— Reste. C'est une journée épouvantable pour moi. Pour plein de raisons.

Elle s'écarta et eut un geste en direction de Sophia et Vittorio.

— Ce sont mes parents.

— Je ne veux surtout pas compliquer les choses. Je peux repasser.

— Entre, Aidan.

Dans le petit appartement, Aidan paraissait encore plus grand. Serrant les roses contre sa poitrine, Valentina se tourna vers ses parents. Les pensées se bousculaient dans sa tête. Comment devait-elle le présenter ? Tout se précipitait, elle n'était pas prête...

Vittorio Venostra se leva et tendit la main à McKillin.

— *Buonasera, signore,* dit-il.

— Il ne parle pas notre langue, intervint Valentina.

— Vittorio, pourquoi serres-tu la main du livreur de fleurs ? demanda Sophia.

Valentina inspira profondément et se lança :

— Papa, Maman, je vous présente Aidan. J'ignorais qu'il allait venir ce soir, mais il va rester dîner. Je l'ai rencontré il y a une semaine en Écosse...

La jeune femme alla poser les fleurs sur le plan de travail de la cuisine. Se redressant, elle regarda tour à tour son père, puis sa mère, et lâcha d'un trait :

— Je n'avais encore jamais été réellement amoureuse jusqu'ici, mais je l'aime, et je crois que je veux faire ma vie avec lui.

Aidan fixait Valentina sans comprendre ses propos. À en juger par l'intensité du regard de la jeune femme et la stupéfaction de ses parents, quelque chose d'important se jouait devant lui. Il aurait donné cher pour savoir quoi.

— En fait, continua Valentina, je ne croyais même pas que l'on puisse aimer à ce point. Je précise que ce n'est pas à cause de lui que j'ai rompu avec Stefano. Le rencontrer n'a fait qu'accélérer les choses. Il n'y a rien entre nous, je ne lui ai même jamais dit à quel point je l'aimais, mais je suis heureuse que cela se passe ce soir, avec vous.

Vittorio, très ému, attrapa une chaise et invita d'un geste Aidan à s'asseoir. Le jeune homme hésita, chercha les yeux de Valentina. Le regard qu'elle lui retourna était si brûlant qu'il se figea sur place.

— Je ne sais pas lequel des deux va apprendre la langue de l'autre, déclara Vittorio, mais il va falloir s'y mettre sans perdre de temps.

Cédant soudain à l'émotion qui montait en elle, Valentina s'approcha et enlaça le jeune homme. Soudain, il n'y avait plus qu'eux.

— Je t'aime, Aidan, lui murmura-t-elle dans sa langue. Depuis que je t'ai rencontré, je ne pense qu'à toi. Tu as changé ma vie. J'ai mis fin à ma relation avec Stefano. Ni lui ni moi n'en sommes tristes. Même si j'ai cru que je l'aimais, j'ai réalisé à quel point c'était différent depuis que je te connais. Je ne veux plus te quitter, jamais. C'est un miracle que tu sois là ce soir.

Aidan referma les bras sur la jeune femme.

— Toi aussi, tu m'as éclairé, avoua-t-il. Je n'ai pas supporté que tu partes. Alors je me suis dit que je devais venir te retrouver à tout prix. Et puis, ajouta-t-il en plaisantant, je vais pouvoir en profiter pour récupérer les béquilles !

Son grand sourire, profond et lumineux, en disait bien plus que sa boutade.

— Après ton départ, expliqua-t-il plus sérieusement, j'ai eu une vraie discussion avec Sarah. Enfin, ça a d'abord commencé par une vraie bataille. Elle a décidé de quitter l'entreprise et de refaire sa vie. Il était temps. Cette décision l'a libérée. Du coup, je me suis dit que tu pourrais venir travailler avec moi. Mais si tu ne veux pas, je suis prêt à rester ici et à changer de métier. À toi de décider ce que tu veux faire de moi.

Bien que n'ayant rien compris à leur échange, Sophia Venostra se pencha vers son mari, lui tapota le bras et commenta d'un ton approbateur :

— Je n'ai jamais vu Stefano être aussi tendre avec notre Valentina.

Elle entreprit alors d'éplucher Aidan des pieds à la tête. Son mari leva les yeux au ciel. Elle ne changerait jamais…

S'approchant de sa fille, toujours dans les bras d'Aidan, Vittorio lui souffla à l'oreille :

— Je te promets que nous ne partirons pas tard, mais je commence à avoir faim. Puisque je crois que nous aurons souvent l'occasion de revoir ce jeune homme, faisons plus ample connaissance à table...

45

Oban, le 17 mai

Chère Francesca,

J'espère que tu vas bien. Rome doit te paraître bien calme maintenant que je n'y suis plus avec mes histoires insensées ! Ici, tout se passe bien, Aidan est un amour et il y a beaucoup de travail à la fabrique. Peu à peu, je reprends le poste de Sarah, qui a complètement changé d'attitude à mon égard. Peut-être se dit-elle qu'il vaut mieux qu'elle se fasse à ma présence, mais je crois surtout que sa vie lui pesait et qu'elle se sent plus libre désormais. En tout cas, elle m'aide, me forme, et je dois reconnaître que c'est une sacrée bosseuse.

Lorsque je repense à cette période de folie, je me rends compte de tout ce que je te dois. Merci d'avoir été là, sans toi j'aurais sans doute tout raté ! La vie est surprenante : moi qui ne voulais même pas quitter mon quartier, je me retrouve aujourd'hui à des milliers de kilomètres de l'Italie.

J'ai beau être si loin de Rome, je n'ai jamais été plus proche de ce que je suis. Pour le moment, à part toi, rien de notre belle ville ne me manque. Mais à tout hasard, juste avant mon départ, je suis quand même passée jeter une pièce dans la fontaine de Trevi, pour être certaine d'y revenir un jour…

Finalement, Maman a accepté Aidan beaucoup plus vite que ce que je pensais. Papa a été génial, comme d'habitude. Je me demande d'ailleurs après coup s'il appréciait vraiment Stefano…

Hier, j'ai reçu une lettre incroyable d'Oliviero Vecchi, mon patron. D'abord, il refuse ma démission et me propose de devenir consultante. Il me suffira d'être une semaine par mois à Rome, et je travaillerai directement avec lui. Il dit que je peux commencer en septembre. Je n'en reviens pas qu'il m'offre encore cette chance-là. Mais tiens-toi bien, ce n'est pas tout : en guise de cadeau de noces, il a décidé d'abandonner les parts que détient Eccezionale dans McKillin & Son ! Il a réussi à convaincre le conseil d'administration et les financiers que cela ne rapporterait jamais rien, sauf peut-être des dettes. Alors ils ont accepté de tirer un trait sur leur participation sans rien demander en retour. Pour Aidan, c'est la fin de trente ans de galère et d'incertitude, il est enfin seul maître à bord.

Voilà, c'est à peu près tout. Nous nous réjouissons de t'accueillir avec Michael pour les vacances. Je te promets que tu vas passer un été glacial, occasionnellement pluvieux, battu à tous les vents, mais inoubliable !

J'essaierai de t'appeler la semaine prochaine. D'ici là, prends soin de toi, embrasse Michael et les copines.

Très affectueusement,

Ton amie,

Valentina

P.-S. : Tu ne vas pas le croire : ma mère trouve qu'Aidan est courageux, et qu'en plus il est beau !

FIN

Que diriez-vous de prolonger votre voyage entre l'Italie et l'Écosse ?

Pourquoi ne pas vous préparer un petit dîner entre copines comme Valentina à Rome, ou un repas en amoureux comme à Oban…

Voici deux recettes aussi simples que délicieuses.

LES PÂTES FRAÎCHES AU PESTO DE VALENTINA

Pour 6 personnes

Ingrédients :

– 600 g de tagliatelles ou fettucine fraîches
– 1 bouquet de basilic
– 50 g de parmesan râpé
– 5 gousses d'ail
– 1 cuillère à soupe de pignons de pin

– 20 cl d'huile d'olive
– sel

À préparer au minimum une heure avant de servir.

Lavez le basilic et hachez-en très finement les feuilles.

Épluchez les gousses d'ail, enlevez le germe vert qui se trouve au milieu. Hachez-les.

Placez l'ail et le basilic dans un bol, recouvrez-les de deux ou trois centimètres d'huile d'olive.

Ajoutez le parmesan et remuez bien. La consistance doit être souple, rajoutez au besoin un filet d'huile.

Salez à votre goût. Vous pouvez ajouter des pignons de pin entiers ou concassés, que vous pouvez faire éventuellement dorer dans une poêle antiadhésive, sans matière grasse.

Servez avec les pâtes fraîches cuites *al dente*.

AGNEAU À L'ÉCOSSAISE

Pour 6 personnes

Ingrédients :

– 1 selle d'agneau d'environ 1 kg que vous aurez fait désosser et dont vous aurez gardé os et parures (demandez à votre boucher de casser l'os en plusieurs morceaux, la sauce n'en sera que meilleure !)
– 6 oignons grelots
– 2 gousses d'ail
– huile (de noisette de préférence)
– 4 cuillères à soupe de whisky single malt
– poivre

Pour la sauce

– os et parures de la selle d'agneau
– 1 oignon
– 1 clou de girofle
– ½ carotte
– 1 branche de céleri
– 1 petit verre de single malt
– sel et poivre

Pour la garniture

– 30 g de beurre
– 3 échalotes
– 1 kg de champignons (girolles de préférence)
– 1 cuillère à soupe de vinaigre de Xérès

– 2 cuillères à soupe de single malt
– 1 boîte de pois chiches
– cumin
– 1 cuillère à soupe d'huile d'olive
– sel et poivre

Préchauffez votre four thermostat 7/8 (220 °C).

Préparez le fond de sauce : dans une sauteuse, faites dorer dans un peu d'huile les os et parures de la selle d'agneau ; l'oignon, la carotte et le céleri émincés ; et le clou de girofle. Salez et poivrez. Ajoutez 40 cl d'eau et faites cuire à feu vif pendant une demi-heure – le liquide doit avoir réduit de moitié. Filtrez, laissez refroidir et dégraissez.

Faites cuire la selle d'agneau : posez la selle dans un plat huilé et badigeonnez-la d'huile de noisette et de whisky. Disposez autour les oignons grelots coupés en deux, les gousses d'ail en chemise, et poivrez. Enfournez à four chaud et laissez cuire une bonne demi-heure. Arrosez avec un peu du fond de sauce une dizaine de minutes avant la fin de la cuisson.

Pendant la cuisson de la viande, préparez les champignons. Coupez le pied terreux des girolles et essuyez-les (évitez si possible de les laver).

Faites légèrement blondir les échalotes émincées dans le beurre. Ajoutez les girolles, le vinaigre, salez et poivrez. Faites cuire un quart d'heure environ, jusqu'à ce que l'eau de cuisson se soit presque entièrement évaporée. Ajoutez le whisky en fin de cuisson.

Servez avec une purée de pois chiches : mixez les pois chiches avec leur jus, ajoutez de l'huile d'olive, une ou deux pincées de cumin et le poivre. Mélangez bien. Mettez la purée au four 10 minutes avant de servir et tenez-la au chaud.

Préparez la sauce au whisky : disposez la selle d'agneau cuite sur le plat de service et placez celui-ci au four, porte ouverte. Récupérez le jus de cuisson et ajoutez le reste du fond de sauce dégraissé et le whisky. Faites réduire quelques minutes à feu vif. Réchauffez doucement les girolles, salez la selle d'agneau, entourez de champignons et nappez avec la sauce (vous pouvez aussi la servir à part). N'oubliez pas la purée de pois chiches en accompagnement.

Enjoy, et *buon appetito !*

13198

Composition
NORD COMPO

Achevé d'imprimer en Espagne
par BLACKPRINT
le 4 mai 2021

Dépôt légal avril 2021.
EAN 9782290259207
OTP L21EPLN003025A002

Éditions J'ai lu
87, quai Panhard-et-Levassor, 75013 Paris

Diffusion France et étranger : Flammarion